夏の速度

Yomota
Inuhiko

四方田犬彦

作品社

夏の速度

여름이 여름을 반성하지 않는 것처럼
速度가 速度를 반성하지 않는 것처럼
김수영

夏が夏を反省しないように
速度は速度を反省しない。
金洙暎《キムスヨン》

ヨンチョル、今日、君の寄越したクリスマスカードが届いた。世宗《セジョン》大王の肖像切手がいく枚も貼られた封筒を見て、僕は最初、誰が送ってよこしたのか見当がつかないでいた。長いこと君のことは忘れたつもりでいた。いや、思い出すまいと積極的な努力をしてきた、といったほうがいいのかもしれない。差出人の名を見るとYeongchul Yunとあったが、これが君のスペリングであることを認めるのにしばらく逡巡《ためら》いがあった。ヨンチョル。漢字ではどう書いたのだろう。君は一度も改めて教えてくれたことがなかった。永鉄？　まさか。たぶん永哲だろう。けれども

「ヨン」も「チョル」も日本語にはない、曖昧で曇った音だ。カタカナではとても表わすことができない。ハングルでしか正確に記すことのできない母音が用いられている。僕がソウルで最初に苦労したのも、この「ア」でも「オ」でもない繊細な母音だった。

ヨンチョル。ついに僕は一度も便りを出さなかったな。封筒の表には転送用の薄紙が二枚貼られていて、一番上に僕の現在の住所が赤いボールペンで乱暴に書き込まれている。僕はあれから東京で転転とアパートを変えるという生活を続け、誰から聞いたのかわからないが、君が書いて送ったのはその何番目かの住所だったというわけだ。この手紙はどこをどう経廻って、今ここにいる僕のところに到着したのだろう。

すでにクリスマスは数ヶ月前に過ぎている。それはまるで、僕がやり過ごしてきた過去そのものから転送されてきたように思えた。

封を切ると、折り畳まれたカードが一枚出てきた。朝焼けに染まった海の上を数羽の鶴が飛んでいる、といった絵柄だ。年の暮になるとソウル中の文房具屋の店先や地下の商店街の片隅でいっせいに売り出される類のカードにちがいない。その光景がただちに思い浮かんだ。ハングルで印刷されたクリスマスと新年の祝辞の下に、太い万年筆で書き込みがあった。Let keep in touch. Yeongchul.

君の書いた英語を目にするのははじめてだ。会うたびに、君は流暢な英語で僕に話しかけてきたのだが、僕たちは手紙を交換したことなど一度もなかった。

僕の話を少ししようか。あの事件の後、東京に帰ってしばらくの間は、酒を呑んでいても、話題が韓国のこととなるや、とたんに急な坂を樽が転がるように深く酔払ってしまうのがつねだった。韓国という名の蜘蛛が八本の毛深い足を僕の背中にかけて、けっして離れようとせず、僕は難渋していた。そして取り憑かれていると同時に蜘蛛から拒まれているのも、同じ僕だった。僕を拒んでいるものの先頭に、ヨンチョル、君がいた。

そう、確かに君の国にしばらく暮していると、ある気持が心のなかで脹らんでゆくことを否定できなくなる。韓国人のようでありたい。韓国人のように地に頭を擦りつけ、砂を髪にまぶして、慟哭してみたい。卓の上の焼酎の壜を床に投げつけ、散らばったガラスの破片の上に拳を叩きつけて、憤激してみたい。韓国には、こうして、人の足を掬いとり、有無をいわせず引き摺りこんでしまうようなところがある。愛でも憎しみでもない、もっと過激な劇薬のような力が、そこには働いているのだ。

映画の配給会社に勤めている友人と、青山で遅くまで呑んでいた時のことだ。たまたま隣のカウンターに坐っていた見知らぬ青年が君たちのいう在日僑胞《チェイルギョッポ》であると知って、僕はいきなりたどたどしい韓国語で自己紹介を始めたりしたものだ。無知と酩酊がなせるわざだった。相手はてっきり僕がからかっていると思ったのだろう。鄭重な、しかし幾分か軽蔑の混じった口調で僕をやり過ごし、呑みさしのビールを空けると、静かに外へ出ていってしまった。どうなることかと思ったよ、と傍にいた友人が安堵の息をつきながら言った。僕は知らなかったのだ。日本に住んでいる韓国籍の人間の多くは、韓国語とは無縁な日常生活を送っているということを。

君は、こうした僕の気持を、微温湯にどっぷりと漬った日本人によくある感傷だ、と呼ぶかもしれない。だがね、ヨンチョル、僕はといえば、どうしても君に到達できないでいることの焦りと苛立ちをいつも感じていたのだ。そのあまりに、君が二年半を過ごした大韓民国陸軍に体験入隊することすら、空想したことがあったのだから。そう、僕は君に魅惑され、二人だけの小供っぽい悪戯に共犯者めいた感情を見出していた。君が近くにいることに幸福を感じていた。だが、実のところ君は僕からひどく遠く離れた、寒い場所に立っていたのだ。僕はあの時、絶望に見舞われたが、それはシャツのように取り替えのきく絶望だった。しかし君の絶望は、けっして逃れることのできない、皮膚の隅隅ばかりか甘皮の間にまで深く染み込んでいる絶望だった。

トラウマという言葉を知っているか、ヨンチョル？　漢字に直せば、外傷といったところか。赤ん坊のころに母親の手でフライパンに乗せられ、もう少しで焼かれそうになったという体験をもつ小供が、波が引くように記憶のすべてを失って数十年の後に精神障害に見舞われる。そういう話は、君も聞いたことがあるだろう。ある時から、君は僕にとってトラウマに似た存在になった。こんなことを突然言いだしたからといって、この僕が狂気に陥っているとは思わないでほしい。僕は韓国で過ごした一年ほどの歳月のなかで、君をどこに位置づけていいのかわからないでいるのだ。僕の心の中で、君はいつも居心地の悪い場所に坐っている。解《ほど》こうとすればするほどにいよいよ絡まってくる記憶の結び目、消化不良のまま分泌液に塗《まみ》れ、獣の胃壁に留まり続ける黒い体毛の塊。

極寒の冬にソウルを引き払って帰国した後、僕たちの関係はまったく絶たれていた。いく人かの知人や教え子の学生とは手紙を交換し、留学生とも交際が皆無だったわけではなかった。

だが、僕はあえて君と連絡を取ろうとは望まなかった。何をしているのかも知らなかった。もっとも、ただ一度だけ君の消息を耳にしたことがある。かつて僕が外国人教師として教えたG大学の学生の一人が、日本語弁論大会で次席となり、その褒賞として語学研修を兼ねた一週間の観光旅行で東京を訪れた夜のことだ。彼を誘いだした新宿の鰻屋で、とりとめのない思い出話の間に、ぽつんと君の噂が出た。

「先生、ユン氏を知っていますか。あの人はお父様が亡くなられました。今、少しも元気がありません」

僕の記憶に君の父親の映像が浮かんできた。一人息子の友人の日本人に酒を勧め、上機嫌に教育勅語の暗誦をして見せた小太りで禿頭の弁護士の姿が。

だが、この学生も結局、人づてに君のことを耳にしていただけで、僕たちが親しかった時のことを思い出し、わざわざ話をもち出してくれたにすぎなかった。何も詳しくは知らないようだったし、僕もあえてそれ以上のことを問い尋ねようとは思わなかった。話題はそのまま、学生が初めて訪れた隣国の首都の印象へと移った。いや、敬遠しているのかもしれないな、と僕は思った。そう、君には何かしら僕の周囲の学生たちを遠ざけてしまう雰囲気があったはずだ。

こうして書いてきて、僕は今さらのように驚いている。あれから何年もたっていないというのに、僕はまるで大過去形を用いて語っているかのようだ。そして、これは何という凡庸な始まりだろう。机の上に置かれた、一枚の季節はずれのクリスマスカードに記憶を呼び起こされ、過去の映像が展《ひろ》がるにまかせて書き始めるというのは、回想記のつねとして誰もがすでに飽きるほどに繰り返してきた手にすぎない。もちろん、こうした契機はまやかしにきまっている。だが、たとえ僕が、自分の舌が発酵して、突如として語りだす瞬間の恩寵のような到来を待ち望んでいたとしても、こうした常套の手を用いなければ、いったいどう書きだせばよかっただろう。そして、現に僕はもう始めてしまったのだ。

すでにして、僕の記憶のなかで、ソウルは炎天に浮かぶ巨大な陽炎さながらに揺めき、曖昧な形と化している。街路と街路は飴となって融けあい、漢江《ハンガン》の岸辺は乾ききって、ところどころに陽に鞣《なめ》された水溜りを残すばかりだ。時間は、市場の屋台で湯気を立てている豚の腸管のように幾重にも絡まり、蜷局《とぐろ》を巻き、解きほぐすことができない。僕たちの物語とは何だろうか。いたるところ電柱に貼られた反共防諜のポスター。

そのポスターが汚れて剝がれかけた街角を、鋏の音を鳴らしながら飴売りがリヤカーを牽いていく、そのような都会で、僕たちは出会い、そして別れた。路地はつねに崩れだした蟻塚だった。酒を呑み、女たちのいる場所を訪れた。僕たちが恐ろしい速度で駆け抜けた夏の物語を、これから記そうと思う。書くことが真に治療に通じるものであれば、蟻塚の蟻の歩みを今一度辿り通しえた時、僕の前に大いなる安堵と解放の手が差し伸べられることだろう。僕はすべてが成就される日を待っている。だが、僕ははたして快癒すべき存在なのか。解き放たれることは、つねに至福に満ちたものなのだろうか。

はじめてヨンチョルに会った日のことを、僕はありありと記憶している。

ソウルは短い春を終えようとしていた。街路に植えられた柳の白い綿

郵便はがき

料金受取人払郵便

麹町支店承認

9089

差出有効期間
2020年10月
14日まで

切手を貼らずに
お出しください

102-8790

102

[受取人]
東京都千代田区
飯田橋2－7－4

株式会社 作品社
営業部読者係 行

【書籍ご購入お申し込み欄】

お問い合わせ 作品社営業部
TEL 03(3262)9753／FAX 03(3262)9757

小社へ直接ご注文の場合は、このはがきでお申し込み下さい。宅急便でご自宅までお届けいたします。送料は冊数に関係なく300円(ただしご購入の金額が1500円以上の場合は無料)、手数料は一律230円です。お申し込みから一週間前後で宅配いたします。書籍代金(税込)、送料、手数料は、お届け時にお支払い下さい。

書名		定価 円	冊
書名		定価 円	冊
書名		定価 円	冊
お名前	TEL ( )		
ご住所 〒			

フリガナ
お名前

男・女　　　　歳

ご住所
〒

Eメール
アドレス

ご職業

ご購入図書名

●本書をお求めになった書店名

●ご購読の新聞・雑誌名

●本書を何でお知りになりましたか。

イ　店頭で

ロ　友人・知人の推薦

ハ　広告をみて（　　　　　　　　）

ニ　書評・紹介記事をみて（　　　　　　）

ホ　その他（　　　　　　　　　　）

●本書についてのご感想をお聞かせください。

ご購入ありがとうございました。このカードによる皆様のご意見は、今後の出版の貴重な資料として生かしていきたいと存じます。また、ご記入いただいたご住所、Eメールアドレスに、小社の出版物のご案内をさしあげることがあります。上記以外の目的で、お客様の個人情報を使用することはありません。

毛がいたるところで風に舞い、歩道の石畳にうっすらと積るような夕暮のことだった。

六二五《ユギオ》、つまり日本でいう朝鮮戦争のおりに〈北〉から避難してきた老婆が、李朝時代より継承されている故郷の仮面舞踏《タルチュム》を数年がかりで学生たちに教え込んだという。その発表会を観に、僕は教え子の学生数人と会場のソウル大学を訪れたのだ。

まだこの都会に到着して時間がなく、言葉も地理も赤ん坊の歯のように覚束ないころだった。ソウルは四方を山に囲まれた盆地の底にあり、街の中心部だけを取り出すならば、東京の新宿ほどの大きさだった。南を流れる大河は江華島《カンファド》の脇を通って北朝鮮の海へと注ぎ込んでいる。ソウル大学は、この都市を取り囲む山並みの南の中腹にあった。

僕たちが会場の体育館に着いた時、すでに場内は熱気を帯びた見物の学生たちで埋め尽くされていた。白衣を着た飴売りが小供たちに飴を配っていた。彼が転んで飴が転がり落ちると、小供たちがどっと騒いだ。やがて白や黄や赤のおどろおどろしい原色に塗られた、巨大な紙製の仮面をつけた役者たちが一人一人登場し、首を廻《ま》げ、軀をくねらせて、舞いを披露した。それは素晴らしいものだった。何よりも僕を興奮させたのは、仮面に描かれたおおらかでグロテスクな表情だった。科白には野卑な冗談や政治的な諷刺が含まれているらしく、役者が猥褻な身振りを見せるたびに、場内はどっと湧いた。

舞踏が終わっても、しばらく見物人の興奮は収まりそうになかった。会場には学生たちに混じって、私服刑事が潜入しているらしかった。あいつがそうですよ、と教え子の一人がそっと日本語で教えてくれた。観客はソウル大学の広い運動場を蟻の子のように散らばりながら横切り、山裾の街まで降りてゆくのだった。夕陽のおかげで、周囲の岩山の背が影絵のように映し出されている。僕たちの一行のなかには、歩きながら、今観てきたばかりの舞踏を真似てみせる剽軽な学生もいて、仲間の笑いを買っていた。開かれた気分だった。

「先生、お酒を呑みましょう」

一人の学生が代表するかのように、僕に話しかけた。四年生ともなれば会話の実力もつき、ゆっくりと言葉さえ選べば、互いの意志の疎通に不便はない。もとより仲間うちで相談していたことらしい。大学の正門を出て、車道の坂を下った。バスの停留所にして二つほど過ぎたあたりで、ようやく平地に降りたったという感じになった。道路は分岐を始め、背の低い民家が途切れることなく続いている。僕たちは舗装道路から路地へと移った。家と家との境界には、錆びた鉄条網に囲まれた狭い畑があり、葱や白菜が植えられていた。山羊が飼われている。家の壁にはハングルの落書が白墨で画かれ、曲りくねった砂利道では小供たちが陣取り合戦をして遊んでいた。オンドル用の煉炭の灰が融けて混じっているせいか、土は、ところどころ乳白色をしていた。かすかに尿の匂いがした。

あらかじめ学生たちは場所を決めているらしい。散髪屋や貸本屋のある筋を抜けて、どんどん先へ進んでゆく。小さな商店街の賑いが途切れるあたりに、その酒場はあった。前の砂利道が工事で掘り返されているせいか、扉は土埃で白く汚れていた。陽はすでに沈み、あたりの電柱には灯が点っている。どうやら通い慣れた場所であるらしい。彼らは逡巡《ためら》うことなく入口を開け、階段を降りてゆく。僕もそれに倣った。

地下室の扉を開けたとたん、凄まじい騒音が津波のように押し寄せてきて、僕を圧倒した。無数の金属と金属が激しくぶつかりあう高い音だ。裸電球をいくつか点しただけの薄暗い店内は、舞踏観劇の後の数十人の学生たちで満員だった。ジーンズを穿いている者もいれば、軍事教練用の迷彩服姿の者もいる。誰もがいちように、酒を注いだ金鉢を金《かね》の箸で叩き、高歌放吟に興じている。叫喚地獄とはこうした場所を指して呼ぶのだろう。一つの卓で四、五人の集団が箸を片手に歌いだすと、隣の卓でも負けじといっそう強く食器を叩き、声をあげる。立ち上がったり、席を投げだして踊り出す者はいない。全員が椅子に縛りつけられたように卓越しに顔と顔を向き合わせながら、歌とも叫びともつかぬ合唱を続けていた。暗いので、彼らのいささか俯《うつむ》いた顔を見ることはできなかった。何とも奇妙な光景だった。鉢叩きのリズムと声が幾重にも重なりあって、高低も歌詞も音色もわからぬ巨大な音のうねりだけがこの地下全体に充満していた。あまりの熱気に僕は眩暈に似た感覚を覚えた。さながら夏の宵に黒い樹木の腹に油蟬がびっしりと集っているような光景だった。

漠然と見廻していると、少し奥まったところが四、五段高くなっていて、そこだけが特別席のように周囲から切り離された場所になっている。

一人の若い男が坐っていて、扉の前の僕たちの方を見つめていた。唯一人、箸を握っていない客だった。紺の背広にプリントシャツ、粗いチェックのネクタイといった垢抜けた格好から、蛮声を張りあげている学生たちとは違った種族だと直感した。頭上から垂直に降りる電球の光が、男の広い額と大きい鼻、それに幾分か縮れあがった髪を、憤怒相にある仏像のように見せている。どこかしら高貴な獣のような雰囲気があった。男は、僕から見て、遠近法でいう酒場全体の焦点に当たる場所にいた。周囲の喧騒は彼を中心として廻り、みずからは不動であることで、この光景の全てを秘かに取り仕切っているようにさえ見えた。ほんの数秒間にすぎなかったのだろうが、僕は肖像画のなかの人物のようにうっとりと男の顔を見つめていた。すると、突然彼が音もなく手を振った。僕たち一行を待っていたのだった。

鉢叩きの卓をいくつも横切って、僕たちが同じ卓に就くと、男は早速立ち上がって、僕に握手を求めてきた。隙のない、いかにも場慣れした挨拶だった。自分はユン・ヨンチョルと言い、ここにいるキム君の友人です、と自己紹介し、僕の韓国語がたどたどしい初級程度だと看破すると、英語で話をしていいかと言った。近くで見ると、豹のように敏捷そうな眼付きをしている。まもなく大きな薬罐と烏賊の煮物が運ばれ、僕たちは互いの椀に白い濁酒《マッコリ》を注いで呑み始めた。

これが、僕とヨンチョルの最初の出会いで、その日のことを何一つ忘れずにいるほどに、彼は僕に強く印象づけたのだった。初対面の僕に、彼はいきなり流暢な英語で質問を仕掛けてきた。

「君はソウルに来て、どのくらいになるんだ」

「三週間くらいかな」

「新学期は三月からだろう」

「ヴィザを取るのに、長い時間がかかった。来たのは四月だ」

「日本人が韓国に来るのは簡単なはずだ、と聞いたけどな」

「観光旅行は簡単だ。僕の場合には労働ヴィザが必要だったから、ずいぶん待たされた」

「東京とソウルはどう違う、と君は思う」

「まだよくわからない。ちょっと見た感じでは、似てるところの方が違っているところよりはるかに多い。街中に漢字の看板がないのは、少し驚いた。みんなハングルだろう」

「それがわが国の政策なんだ。漢字は侵略者の文字だ。君はハングルを読めるか」

「ゆっくりとなら読めるよ。今、サム・パッチム（ハングルの下部にある二重子音）の読み方を勉強しているところだ」

「わが国以外の外国にも行ったことがあるのか」

「いや」

「どうして、韓国に来たんだ」

「東京にいた時から、それればかり聞かれたよ。簡単に言えば、なりゆきだ」

「なりゆきか」と、ヨンチョルは僕の韜晦《とうかい》に笑った。会話は始めから、彼の導くように進んだ。始めのうちは他の学生たちも首を突込んで、ヨンチョルに早口の韓国語で説明を求めたり、僕に訥訥とした日本語で語りかけたりしたのだが、ヨンチョルは彼らと言葉を交すことに関心がないらしい。食い入るように僕とだけ話をすることを望んでいるようだった。英・韓・日の三国語のチャンポンがしばらく続くと、何かの冗談が切掛けとなって学生たちは仲間うちで話しこむようになり、やがて周囲の鉢叩きの群に融けこんでいった。

　韓国風の奇怪な訛りと抑揚をもった英語に悩まされていた僕にとって、ヨンチョルの明晰な発音はちょっとした驚きだった。どうしてこんなに達者なのか、と尋ねると、視線を少し下に降ろして、大学で勉強したんだと答えた。含羞とも謙遜とも違うものが、かすかに彼の意識を横切ったような気がした。後で知らされたことだが、それは、米軍キャンプ内に設けられた大学に、彼が数少ない韓国人特例学生として通った時代の産物であった。兵役義務を終え、翌年に大学を卒業すると、今はかなり有名な貿易会社で働いているという。年齢を尋ねると、僕より二つ上だった。学生の一人から僕の存在を知り、興味をもったらしい。今日彼らが舞踏の後に僕をこの地下の酒場へ誘ったのも、一つにはヨンチョルに引き合わせることが目的だったらしいとわかった。

君のことはいろいろと知ってるんだ、とヨンチョルは目示《めくばせ》をして、先日僕が知らずに狗肉料理専門店に連れてゆかれた時の話をした。食べ終わった後にそれが犬の焼酎煮だと知らされ、僕は呆れ返ったのだ。僕に関して彼の掲げる知識は、授業中に僕が学生たちに話してみせた雑談から来ていた。僕に交際を求めてきているようだった。濁酒《マッコリ》の酔いが廻るにつれて、少しずつ僕は打ち解けていった。

しばらく話しているうちに、ヨンチョルは美術に関心が深いことがわかった。自分でも油絵を描いているらしい。自然と話題はつい先日明洞《ミョンドン》の美都波《ミドパ》デパートで催された李仲燮《イジュンソプ》展のことへと移った。どうやらたまたま同じ土曜日に展覧会を観に行っていたようだった。僕たちは、李仲燮が朝鮮戦争で釜山《プサン》へ逃げ落ちたおりに、ガムの包装用銀紙に釘で刻みつけた夥しいクロッキーについて論じあった。一番好きな画家は、と尋ねると、ヨンチョルはしばらく考えた後で、ドラクロワと言った。僕は、今日この場での対話が何者か測り知れぬ存在によってあらかじめ予定されていたような、満足した気分になった。

一方で、鉢叩きはますます激しさを加えていた。火山が次次と爆発して止まぬように、異常とも呼べる熱気が薄暗い地下室に渦巻いている。

たまりかねた女主人がときおり卓から卓を廻って抗議するのだが、燃え盛る火中にわずかの水を注ぐにすぎない。満場の学生たちにとって、もう歌の伴奏などどうでもよくなってしまったらしい。それどころか、歌うことさえ背後に退けられてしまって、ただできるかぎり喧しい音を立てるだけを目的として、箸を振り上げ、力一杯に叩き降ろしている。音を立てるというより、音を卓に釘のように打ちつけ、空気に強く刻みつけるといった打ち方だ。それは陽気な酒宴といった印象から程遠く、むしろある意味で陰惨で危険な情熱さえ僕は身に感じ取った。もはや僕とヨンチョルほどの近い距離でも、身を乗り出し、頬を近付けあわなければ、言葉が聞き取れないまでになっていた。

この奇妙な習慣はいつごろから学生たちの間に蔓延し出したのだろうか。僕はぼんやりと考えていた。高麗青磁や李朝白磁の長い伝統を誇る国であるにもかかわらず、韓国の家庭や食堂で出される食器には、なぜか陶器を見る機会がなかった。つねに銀色のステンレス製だ。酔った僕の脳裏に浮かんだのは、一人の頬の瘦《こ》けた韓国人青年が憤懣やるかたなく、深夜誰もいない部屋で濁酒を呷りながら金鉢を叩いている光景だった。オンドル用に敷かれた黄色い油紙は破れ、万年床の布団は垢で灰色に汚れている。彼は鉢を憎き宿敵と見なして、満心の力を込めて箸を叩きつける。敵とは誰だろうか。ゼミの同級生を連行し拷問にかけた軍事政権だろうか。祖国を長い間踏み躙り、現在も売春観光に血道をあげる日本という隣国だろうか。家の因襲か、それとも青年の後にも退けぬ熱情をけんもほろろに弄んだ一人の女だろうか。それが何であったにせよ、何人も手を触れることのできぬ、融けだした鉄のような憎悪が青年の後ろ姿に取り憑いている。僕の空想のなかで、鉢叩きはただちに青年の手から熱病のように周囲へと伝播し、ほどなく韓国中の全ての学生たちが激しい音を立ててこの行為に耽《ふけ》るようになった。だが、いかなる一念をもってしても、ステンレスの鉢が二つに割れたためしはなく、これからもありえないのかもしれない。

　僕と同行してきた学生も、今では我を忘れて箸を手に取っていた。彼らを真似て、ためらいがちに箸を握ろうとすると、ヨンチョルがにやりと笑った。君にはとてもできないだろう、と言っている笑い方だった。僕は思わず箸を卓に置いた。ヨンチョルはといえば、僕たちが店に入ってきた時と同じように、少しも場内の興奮に動じていないようだった。彼は数段高いこの座席から全体の様子を眺めながら、悠然と煙草を吸っていた。額が光っていた。

　卓ごとの鉢叩き合戦が絶頂を迎え、しばらく馬の背を分かつ雨のような音の洪水が続いたのち、酒場の一すみで数人の学生たちが立ち上がり、力強い合唱を始めた。誰でもが耳に親しんでいるメロディーなのだろう。それは卓から卓へと火のように伝わり、他の声を呑みこんで大きく脹らんだ。鉢叩きはいつしか舞台裏へ退き、ひとたび場内が一つになって歌い出すと、合唱は終わることがなかった。歌詞を一通り終えてしまうと、また元に戻るといったふうだった。僕の側の学生たちもいつしか立ち上がっていた。彼らの白いワイシャツの汚れた襟のうえには、真赤になった潔い首筋が覗いている。

僕は疲労を感じていた。もう帰るよ、と連れの学生に合図を送った。彼らはまだ呑み続ける気らしい。いっしょに帰ろう、とヨンチョルが顎をあげて言った。

奥の便所で小便をしていると、ひどく酔払った迷彩服姿の学生が朝顔の隙間に割り込み、僕の肩に手をかけて喚いた。

「かっち、はぷしだ！　かっち！」

いっしょにしよう、と言うのだ。扉が空け放されたままになっている大便所には黒黒とした排泄物が堆く積まれているのが、薄暗い光を通して見えた。

勘定はヨンチョルが一人で払った。ソウルに住みだしてしばらくして解ったことだが、韓国人は割り勘を嫌がった。バス代であろうが、映画代であろうが、誰かがいつの間にか全員の分を払ってしまう。払ってもらった側も、とりたてて感謝するといったわけでもなく、一人が財布から紙幣を出しているのを平然と眺めている。こうした些細な仕組に、僕は韓国人に独特の哲学を読み取った。長い人生の涯には、呑屋の勘定くらい誰もが同じだけの額を払うことになるだろうとでも言いたげな、大きく緩やかな時間の論理が働いている。このリズムになんとか入り込もうとするのだが、僕はいつも機を逸してしまい、奢られっぱなしという奇妙な状態にいた。

窖《あなぐら》を出て階段を昇りきると、冷えた風が身を包んだ。空澄める夜だった。解き放された気がした。腕時計を見ると、十時になっている。商店街から人影が消えたほかには、街に何の変化もなく、あいかわらず柳《りゅう》絮《じょ》が静かに大気のなかを舞っていた。少し歩くと、地下の大合唱は靄のように薄れ、やがて完全に耳に入らなくなった。道は暗かった。店仕舞をした商店の脇を、僕とヨンチョルはひと仕事終わったかのようにぼんやりとバスの停留所まで歩いた。通りのところどころに裸電球を吊り下げた屋台が出ていて、男たちが何人かずつ集まっては、黙って焼酎を呑んでいた。

「あんな騒ぎを見たのは初めてだ」と、僕が言った。

「今夜のは特に喧しかった。なぜ、学生たちが鉢を叩くのか、知っているか」

「いや」

「今日の仮面舞踏の後で何も起きなかったからだ。しばらく前までは、ああいった見世物が観客を集めて刺激すると、かならずといっていいほどにデモが生じた。デモの口実を設けるために芝居が打たれることもしょっちゅうだった。今では何もかもが封じ込められている。ソウル大学も今はあんな山奥に移転してしまったし」

僕は、大学の正門の側に機動隊の装甲車が何台も横付けされていたことを思い出した。それでは今宵の学生たちの騒擾は、閉鎖されて出口を見失った欲望の、溶岩にも似た突然の噴出なのだろうか。いずれにせよ、僕が一つの地獄から帰還したことは確かだった。砂利道の感触が安堵感に混ざりあった。

車の往来の激しい大通りに出た。ヘッドライトが僕たちのすぐ側を恐ろしい速度で次次と駆け抜けてゆく。僕が考えていたのは、先程鉢を叩こうとして箸を手にした時に、ヨンチョルが僕に向かって垣間見せた表情だった。この男は僕の学生たちとはっきりと違っている。社交辞令もむやみな韜晦も通用しないだろう。ヨンチョルの内側にあって、まだ言葉も形も与えられていない一筋の激しい感情の存在を、僕は認めた。いつか僕にはその感情と対決を迫られる時が来るのではないだろうか。いまにしてみれば、こうした予感が胸に宿った時、僕はすでにヨンチョルに魅入られてしまっていたのかもしれない。

「君はまだ何もかもが珍しくて、楽しくてしようがないはずだ。けれど、そのうちにきっとソウルを憎むようになる」

バスを待ちながら、ヨンチョルが言った言葉は、これまでに僕が誰からも言われたことのない類の言葉だった。

「それを望んでいるのか」

「つまりだ、君は俺より二つ齢下の日本人の旅行者にすぎない、ということだ。この街に留まることもできれば、去ることもできる。ただそれだけだ」

「じゃあ、君はソウルを憎んでいるのか」

ヨンチョルはちょっと黙ってから、いや、と答えた。車のライトが彼の縮れた髪と額を肉食獣のように見せた。彼の言葉には小さな棘のようなものが隠されていて、警戒心こそ消えたものの、僕にある緊張を強いてくる。僕はそれを鵜呑みにすることができない。彼の英語は彼を選ばれた者にしていた。選ばれた者として、日本に対して激しい対抗意識を抱いているのだろうか。

何台ものバスが目の前で停っては客を降ろし、過ぎていった。僕の待っている番号はいつまで経っても現われなかった。停留所には他に誰も並んでいない。ヨンチョルもまた自分のバスの到着を待っているのか、それとも僕の出発を見届けるつもりなのかは、解らなかった。

「君は兵士だったのだろ」と、僕は尋ねた。

「三十ヶ月だけはね」

「軍隊というのはどんな感じだろう」

「別に。ギターを弾いたり、テレビを観たりしていたからね。ただ訓練は厳しかった。休暇でソウルに帰るのが、いつも楽しみだった。銃を撃ったことはあるか」

「ない。第一、日本には兵役義務がないんだ」

「ジエイタイというものがあるだろう」

ヨンチョルは自衛隊という語だけを日本語で言った。

「あるにはあるが、志願制だ。実質的には強力な軍事力を所有しているとしても」

バスが来た。女車掌が扉を開く。お別れだ。僕が乗りしなに、ヨンチヨルは悪戯っぽい眼差しをして、右手を掲げながら言った。

「いつか機会があったら、M62を撃たせてやろう。最高のライフルだ。また近いうちに会おう」

バスには数人の客しか乗っていなかった。奥の座席に身を埋め、一人きりになってみると、疲れているのが解った。眼を閉じると、赤や白の奇怪な面相をした仮面がちらちらと映り、蟬時雨のような鉢叩きの音が耳の奥に残響しているようだった。一瞬、髪の毛を振り乱したヨンチョルが僕にむかって勝ち誇った笑いを見せている姿が浮かんだ。僕ははっと跳ね起きた。いつのまにか眠りこんでいたのだ。

バスの窓を開けると、風が舞い込んだ。光に区切られた暗い大気のなかを、白い髪のように柳絮が舞っている。どこをどう走っているのか、見当がつかなかった。すでに酔いは醒めていたが、口に手を当てると大蒜と酒の混じった強い臭いがした。やがて、川を渡る気配がし、僕は安心した。

夏はすぐそこまで来ていた。

大学の外国人教師としての僕の生活は、単純なものだった。朝、ソウル特別市南東にあるアパートで目醒める。トーストとインスタントコーヒーで朝食を済ますと、扉の下に差し挟まれた東亜《トンア》日報《イルボ》を抜きとって、外に出る。生活の儀式めいた単調さは、快かった。団地の住民用に設けられた砂場とジャングルジムの横を抜けると、大道路に出る。ほど遠くないところにバスの停留所があり、その周辺はガス管や水道管の工事で掘り返されていたかと思うと、ある朝ふいにアスファルトが敷かれたりといったふうで、変化が激しかった。停留所の先には何もなかった。何百メートルも一面に雑草が茂っているだけだ。別の団地の建設予定地なのだろうと思っていたが、いつまでたっても放置されたままだった。野原をさらに越えると、トウモロコシと白菜の畑が始まり、藁葺き屋根の下で農民たちが牛と暮らしていた。日曜の夕暮どきに目的もなく何キロも散歩して、そうした農村に足を踏み入れてしまったことがあった。振り向くと、僕の住んでいる団地の群が蜃気楼のように、眠たげな空に聳えていた。

バスはいつも満員だった。朝、ガラスに押しつけられるようにして覗き込む汚れた窓からは、漢江《ハンガン》が見えた。どちらに向かって流れているのかわからないほどの、水の揺蕩《たゆたい》だった。河の彼方には旧アメリカ軍歓楽街であるウォーカーヒルの高層ビル群が並び、その後方を岩山の連なりが取り囲んで、地に伏せた巨大な鷲のようにこの大都会を覆っていた。雨が降るたびに、大河の河原は地形を変えた。晴れた日には小供が川遊びをしたり、小舟を浮かべて釣糸を垂れる老人の姿がちらほらと見えた。この都会もまた、悠久なるアジアの大陸に属していたのだ。橋の上から見ていると、光線の具合で、ときおり遠くの水面がぎらりと盛りあがるかのように光った。一キロを越える橋の片隅には検問所が置かれ、ライフルを肩にした兵士たちが歩哨に立っている。彼らは、市内に乗り入れるバスを任意に停止させては、乗客の検問を行なっていた。兵士たちの顔はみな幼げだった。僕はこうした情景を、真黒な煤を吐いてのろのろと進むバスのなかから、何思うことなく眺めていた。

天井に据えつけられたスピーカーからは、ラジオがのべつ幕無しに流れていた。高音部の割れた歌謡曲の洪水を何十分も頭の真上でがなりたてられるのは苦痛だったが、乗客たちはまったく意に介さないようだった。

バスには物売りが乗ってくることがあった。たいていは青年で、混雑をものともせず通路の中央に仁王立ちになり、大声で漢字練習帳の効用を説くのだった。演説がひとしきり終わると、今度は客席の一人一人に見本を配って歩く。一日にわずか十分この特別な法則を守って勉強するだけでいい。たちどころに漢字がみんな理解できるようになる。日本語の雑誌だってすらすら読めるようになるよ。物売りの調子のよい口上はそのようなことを言っていた。狭い車内を器用に動きまわりながら着実に何冊か商品を売り捌くと、女車掌のところまで進んでゆく。車内全方向にむけて「かむさはむにだあ」と間伸びした挨拶を二、三度繰り返すと、次の停留所でさっと降りてしまうのだった。そこで別のバスが来るのを待つらしかった。

児童遊園地の側の柳並木でバスを降りてしばらく歩いたところに、僕の勤務している私立大学校はあった。「大学校」とは日本語でいう大学のことだ。都心と僕のアパートのちょうど中間にある場所である。キャンパスの中央に大きく穿《うが》たれた湖の廻りに沿って図書館を抜けると、研究室のある師範大学、つまり教育学部の三階建ての校舎が見える。広広とした芝生にはツツジやレンギョウの花が咲き乱れている。日本語の学科の部屋の前には「日本」という言葉を避け、「外国語学科」という目立たない表札がかかっていた。外国語学科の学生たちは僕と擦れ違うと、大声で日本語の挨拶をした。ただ、髪を短く刈りあげ、紺色の詰襟のついた制服に身を固めた学生軍事訓練団員だけは、僕に対してさえ敬礼を忘れず、大声で「チュンソン！」と叫ぶのだった。忠誠という意味だった。

週に八時間という講義は三日も通えば十分で、あとは大学に足を向ける必要はなかった。これは僕がこれまでありついた数少ない職業のうちでも、もっとも楽なものだった。三年生の三十人には日本語の会話を教え、四年生の三十人には日本の現代の小説を原語で読ませた。ハングルで記された出席簿を読み間違えると小さな笑い声が起きたが、まもなく難なく読み熟《こな》せるようになった。薔薇の狂い咲きのように美しい少女がいた。書き取りの教材としてカセットテープに録音した日本のフォークソングを用いると、授業の終わり頃には教室中に合唱が巻き起こった。学生たちは機会あるたびに実によく歌った。

午後ともなれば、ただ校舎の上に抜けるような青空があるばかりで、その日その日で気の向いたように過ごせばよかった。そこで大学近くにある語学学校に登録をしてみたが、それでも時間は余った。韓国語会話の初等クラスの後では学生たちと玉突きに興じ、場末の劇場で二本立ての功夫《クンフー》映画を観て、ぶらぶらと夕暮の街を散策して帰る。そんな毎日が続いた。東京での忙しげな生活で何年もの間すっかり忘れていた解放感が、今では僕を取り囲んでいる。学生たちはいちように無邪気で、都会じみた虚栄心や陰気さとは無縁に見えた。もっとも、こうした僕の感想は、片言の日本語と韓国語を通して得られた表面的な印象にすぎなかったのかもしれない。人は慣れぬ外国語を用いる時、えてして善意か生真面目のいずれかを強調してしまうものなのだから。時に、思いがけぬ言葉に驚かされることもあった。それは会話のレッスンの最中の出来事だったが、もし日本に旅行する機会があれば、という僕の質問に、一人の女子大生が答えた時のことだ。彼女は、天皇陛下様にご挨拶申しあげたい、と完璧な発音と敬語法を用いて言ったのだ。

こうした生活を送っていたある日の昼下り、三階の研究室で学生の漢字の読み書きを採点していると、助手の女の子が僕を呼びに来た。僕に会いたがっている人が一階の受付けのところに来ている、というのだ。

階段を降りきった暗い廊下の突き当たりに、一人の男が立っていた。煉瓦色のサファリジャケットにベルボトムのジーンズ、それに黄色のサングラスをかけている。僕の姿を見ると、大きく右手を掲げ、口を拡げて、ヘロウと言った。ヨンチョルだった。

「今日の授業はもう終わったのか」

「ああ」と僕は答えた。

仮面舞踏の日から十日ほどが過ぎていた。また会おうとは約束していたが、まさかこんなふうに唐突に僕の職場に登場するとは、予想もしていなかったことだ。会社の仕事が早く片付いたから遊びに来た、と彼は言い、僕の肩をぽんと叩いた。僕たちが英語で話しあっているのを見て、廊下を歩いていた他の学生たちが奇妙な顔をしている。

とりあえずコーヒーでも呑みに行こう、ということになって、外に出た。校舎の脇のレンギョウの繁みの側にクリーム色のポニーが停められていた。これに乗ってきたんだと、ヨンチョルはボンネットの上に零れた黄色い花弁を拭いながら、こともなげに言った。芝生を渡りながら、僕はなかば呆れかえっていた。昼の最中にこんな格好で自家用車を乗り廻すことができるとは、いったい彼の勤めている貿易会社とはどのような仕組みになっているのだろうかと。

「ガールフレンドを見つけることができたかい」

「まだだね」

「教室には綺麗な女の子もいるだろう」

「教師が積極的にガールハントに乗り出すというのは、君の国の道徳規範にふさわしくないのじゃないか」

僕たちは笑った。

正門を抜けると、大通りへ出るまでの細い道の両脇は門前町に似た一画を形成していて、学生を目的《あ》てにした冷麺屋や卓球場、書店などが密集している。往来は、ブックバンドに束ねた教科書を小脇に挟んだ学生で一杯だった。煎餅屋の露店が出ていて、日焼けした顔の中年男がシャツ一枚でのんびりと煎餅を焼いていた。学校帰りの中学生が数人、店の前に集っている様子が、砂糖にたかる黒い蟻のように見えた。

僕はヨンチョルを、そうした路地の二階にある喫茶店へと誘った。下はビリヤード場とラーメン屋になっている。どの店もすでに僕には馴染みの場所だった。ソウルの喫茶店のつねによって、僕たちの入った店も窓側が映画俳優のパネルとカーテンでなかば覆われている。薄暗い室内に置かれた二十あまりのボックスの間を、ウェイトレスたちが魚のように泳いでいた。客席と客席を分かつ衝立ての代わりに熱帯魚の水槽が置かれ、紫や緑の毒々しい光が音もなく明滅している。

席を探していると、奥のボックスで僕を呼ぶ声がした。日本語学科の男子学生が数人でコーヒーを呑んでいた。いちように迷彩服を着ていた。先日の酒場でヨンチョルを見知っている者もいた。

「先生、ここに坐りませんか」と一人が言い、僕とヨンチョルは自然と彼らの卓の片隅の席に就いた。

たちまち、居合わせた学生たちは片言の日本語で僕に話しかけてきた。教室と同じように、話題の中心は日本のことだった。しばらく彼らの好奇心に応じているうちに、僕はヨンチョルを同じ席へ誘ったことを後悔しだした。日本語を解さぬ彼を聾桟敷に置かないためにも、僕は学生たちとは離れたボックスへ向かうべきではなかったか。ヨンチョルは黙っていた。無理もない。四方から間髪を置かず僕に投げかけられるたどたどしい日本語の連続のなかに、彼はどうやって自分の話を紛れ込ませることができただろう。学生たちも、ヨンチョルをどこかしら避けたがっているふうに思えた。僕を彼に引き合わせた学生にしたところで、案外彼とはそう近くないのかもしれないな、と僕は思った。汗に汚れた黒と灰の斑のある教練服を着、無性髭を剃らずにいる学生たちと、サファリルックにサングラスといったヨンチョルの間には、学生と社会人という区別を越えて、はっきりとした距離が横たわっていた。

習いたての外国語を外国人に向かって使うという遊戯のうちにある学生たちにとって、彼らの興奮を傍で冷たく、いく分か軽蔑したような眼差しで見つめている見知らぬ男の存在は胡散臭いものだった。ひとしきり話を終えると相互に眼で合図をしあい、午後は軍事教練がありますから、と一人が言って、ぞろぞろと外へ出ていった。

ヨンチョルは少しも居心地の悪さを顔に出さず、がらんとなったソファの両脇に肩をかけながら、

「今日はもうセカンド・タイムだ。どこでもいい、君の見たいところを案内してやるよ」と言った。

陽はまだ高い。いい機会だから、午後いっぱい彼に街を案内してもらい、いっしょに夕飯でも食べることにしよう、と僕は考えた。徳寿《トクス》宮《グン》、景福宮《キョンボクグン》、昌徳宮《チャンドクグン》、南山《ナムサン》公園。李朝五百年の間、首都漢陽《ハニャン》として興盛したソウルは、その気になれば尋ねるべき名所旧蹟に事欠かない。

「秘《ピ》苑《ウォン》に行ったことはあるか」とヨンチョルが尋ねた。代代の皇帝が私用に用いた巨大な朝鮮風の庭園のことである。ないと答えると、今はちょうど苑内に数百種もの花が咲き乱れていて、一番良い季節だという。

大学構内にいったん戻り、研究室の机の上を簡単に片付けて校舎を出ると、ヨンチョルの運転するポニーが入口で僕を待っていた。僕が助手

席に坐ると、ヨンチョルはカセットテープのスウィッチを押した。ピンク・フロイドが車中に充満した。

「君はマサコを知っているか」と、ハンドルを握りながら、ヨンチョルが銜え煙草で言った。車ははやくも児童遊園の前を通り過ぎ、左折して都心へと向かう幹線道路に入っている。窓の外はしばらく荒れた空地が続き、煉瓦工場のものらしき煙突がところどころに立っているほかには見るべきものもなかった。

「知らないな」

「今、秘苑に住んでいる。十年以上になるはずだ。日本人なのに、ほんとうにマサコを知らないのか」

「ひょっとして、李朝の皇太子と政略結婚をした日本の皇族のことか」

日韓親善のスローガンに応じて垠《ぎん》皇子の下に嫁がされた梨本宮方子《なしもとのみやまさこ》の話なら、聞いたことがあった。東京にいたころに観たテレビの特別番組でのことだ。

「マサコはヒロヒトと結婚するはずだったのだろう」

「よく知ってるな」

「映画で観た。高校生の頃だ。君はヒロヒトは好きか」

「好きじゃないな」

「それはおかしい」

「おかしくはない。君はどうなんだ」

「俺は日本人じゃない。俺には関係ない」

東大門《トンデームン》の側を通るころ、ピンク・フロイドのカセットが終わりになった。かつて古都ソウルの東西南北を取り囲んでいた城門のうちの一つである。やがて鍾路《チョンノ》に至って道路は渋滞し、交差点ごとに小刻みに停止と前進を反復しだした。前後をバスに囲まれたのを知って、ヨンチョルは軽く舌打ちをした。車道の向こう側は、この都市でも一、二を争う巨大な市場だ。僕たちの話は噛み合わず、僕は歩道から吹き溢れんばかりの人人の群を、停止した車の窓から他人事のように観ていた。

鍾路《チョンノ》三街《サムガ》の信号を右に曲がる。左右を映画館に囲まれた文字通りの繁華街だ。掲げられた巨大な看板の中には、オートバイの後部座席に金髪女を乗せたクリント・イーストウッドの姿がペンキで描かれている。ハングルで題名が記されていることを除けば、それは数ヶ月前に僕が東京で見たのとまったく変わらない絵柄だった。

ヨンチョルはしばらくのろのろと進んだところで路地に入り、車を停めた。秘苑には歩いていくらもないらしい。柳並木の道を北へ進むと、昌徳宮の城門と木木の流れるような緑の連なりが見えてきた。くすんだ朱に塗られた柱や大魚の鰭のように反り返った屋根は、あきらかにこの国に独特のものだ。

秘苑の前の小さな広場は観光客でごった返していた。四、五人の太った中年女のグループが大きく股を拡げて立ち話をしている。その側では、いかにも田舎から出てきたといった、白い麻の朝鮮服の老人が、背広姿の若者に手を取られていた。日本人たちはすぐに見分けることができた。彼らはいちように熟れすぎた柿のように柔らかく張り詰めた格好をしていて、機嫌がよさそうだった。一人の通訳を取り囲んで、声高に談笑をしている。傍を通ると、油臭い大阪弁が耳に入った。ヨンチョルは僕を置いて入場券売場へ走っていったのだが、手を大きく顔の前で振りながら戻ってきた。

「駄目だ。今は満員で入れない」

一時間置きに三十人ずつ、韓国人と日本人とを別別にして入場するのが規則であるらしかった。嫌な感じがした。門の前に集まっている観光客は、ずい分前から順番を待っているのだ。

予定を変えて、とりあえずパゴダ公園に向かうことにした。今歩いた道を鍾路まで戻れば、ほんのわずかの距離だ。クリント・イーストウッドの看板まで来て、右に曲がった。

パゴダ公園は、映画館やアーケードに囲繞された、猫の額ほどの空地に設けられていた。薄暗い正門は周囲の建物に隠れていて、ぼんやりと通りすぎるなら、そのまま見過ごしてしまっただろう。現に、鍾路を何回もバスで行き来していても、僕はこれまで公園の存在を気にも留めたことがなかった。入場料を払って朱塗りの門を潜ると、灌木を並べた庭の奥に二十メートルほどの高さの石塔が見えた。

お下げ髪の女子中学生たちが何人も、石段に腰かけてお喋りに夢中になっている。軍服姿の若者がガールフレンドといっしょに写真屋に記念撮影を頼んでいる。休暇でソウルに戻ってきたのだろう。ここには、秘苑とはまったく違った気楽な雰囲気があった。観光地というより、ソウルに住む者が何げなく足を向ける公園にちがいない。カメラを肩にかけ群をなす日本人など、どこにも見あたらなかった。

「ここは、独立運動発祥の地だ」

公園の外郭にあたるコンクリートの壁のところまで来て、ヨンチョルは僕に向かって手短かに説明した。壁には銅の浮彫りが何十枚も横に嵌め込まれている。そのいずれもが、六十年ほど前に朝鮮全道を巻き込んだ三《サミル》・一独立運動を記念する壁画だった。そうか、ヨンチョルははじめから僕をこの公園へ引張ってきたかったのか、と僕は思った。壁画はどれも日本帝国主義による蛮行を強く非難していた。馬上では鬼のような表情をした日本の警官や憲兵がサーベルを振り翳《かざ》し、中央では、太極旗を手にしたチマ・チョゴリ姿の女学生や、両手を掲げて万歳を唱える老人が、彼らの手によって蹂躙され、それでも抗議を止めようとしない勇姿が描きだされていた。後方には累累たる屍の山が築かれている。それは確かに陰惨な地獄図以外の何物でもなかったが、その衝撃は別にしても、これでもか、これでもかと続く壁画につき合っているうちに、僕は飽きを感じだしてきた。

ヨンチョルは、僕が何か言うのを待っているかのようだった。僕の素朴な感想を切掛けにして、待ってましたとばかりに民族主義的な議論を吹きかけてくるつもりなのか。

「日本にいた時から、こういったものがあるだろうとは予想していたよ」

と、いささか警戒しつつ、僕は言った。

「君は、この壁画が好きか」

質問のあまりの単刀直入さに僕は当惑した。

「好きとか、嫌いとか言う問題じゃないだろう。昔、こういうことが実際にあったのだから」

ヨンチョルは僕を馬鹿にするような顔付きをし、はっきりとした口調で言った。

「俺は嫌いだ」

「どうして嫌いなんだ」

「絵が下手だからだ。どの絵もみんな同じじゃないか。稚拙で、画一的で」

からからという笑い声だけが、いつまでもその場所に留まっているような気がした。


公園を出るころには夕方になっていた。僕たちは鍾路を西陽に背を向けて少し進み、左に曲がった。往来には人が吹き溢れんばかりだった。アーケードが姿を覗かせた。魚とも大蒜ともつかぬ臭いがたちまち僕たちを包んだ。市場の臭いだ。四方から威勢のよい物売りの声が耳に入る。市場は蓮の根のように入り組んでいて、僕はヨンチョルの後を追うのが精一杯だった。

豚の首を幾重にも積み重ねた肉屋があり、ネクタイの安売りを叫ぶ青年がいた。食料品から衣服、日用雑貨にいたるあらゆる物が、店舗から溢れ出していた。薄暗くなりかけた八百屋の店先に堆く積みあげられた白菜の白さが、僕の眼を打った。カセットテープを満載したリヤカーに小さな再生機が備えつけられていて、そこから音量一杯に流行歌が流れていた。僕たちが通り過ぎる路傍では新聞や暦書が地べたに並べて売られ、その隣では、靴墨で黒い指をした痩身の青年が、ガムを噛みながら客の靴を磨いていた。真赤な唐芥子を一面に敷きつめた茣蓙《ござ》の前では女たちが屈みこみ、値段の交渉に余念がないらしい。茹でた豚の腸を売っていた屋台の中年女が、僕たちと眼が遇うと、しきりに手招きをした。どこをどう歩いているのか、皆目見当がつかなかった。街全体が巨大な密林だった。

いきなり雑踏のなかから僕の腕を摑む者がいた。日に鞣《なめ》された顔が一面に細かい皺に覆われた、背の低い老婆だった。

「あの、日本の人だねえ。わたしは名古屋で生まれたのですよお」

声は嗄れてはいたが、日本語だった。痩せた、鳥のような手には異常な力が籠っていて、けっして僕を離そうとしない。二つの鋭い眼がじっと僕を睨《にら》んでいる。口を開くたびに、咽喉の筋肉がぴくぴくと引き攣《つ》り、前歯の欠けた黄色い歯茎が覗いた。老婆は往来の混雑などまったく眼中にないらしく、路の真中で僕を捕えて喋りだした。この世の全ての存在に見離されてしまったかのような懸命さが、彼女の口調にはあった。

僕のどこを見て、日本人だと見破ったのだろうか。周囲の通行人は怪訝そうな顔をして、僕と老婆の方を眺めては通り過ぎていった。僕は力を込めて彼女を振り切ろうとした。恐怖を感じたのだ。助けを求める気持で、隣のヨンチョルを見た。不思議なことに、彼は僕から視線を逸らせると、何も言わずにどんどん先へ進んで行くのだった。まもなく彼の煉瓦色のサファリジャケットは雑踏の流れのなかに融け込んで、わからなくなった。僕は置いてきぼりにされたのだ。

「せっかく日本の人に会えたのだからねえ、なつかしいですよお。話をしたいですよお」

老婆はあきらかに狂っていた。なりふり構わず話しかけ、止むことがない。話の筋は把えがたく、何回も同じことを繰り返すのだった。それでも老婆がかつて東京に住んでいて、戦争が終わって「光復」になったので、家族ともども、この父祖の地へ移り住んだことはわかった。その後のうち続く生活の悲惨が、彼女の精神を徐徐に病めるものへと変えていったのだろうか。だが、そんなことはこの僕にはどうでもいいことなのだ。

ようやくのことで老婆を振り切ると、ヨンチョルの後を追おうとした。僕は走り出した。後方で僕を呼ぶ悲鳴に似た声がしたが、もう気に留めることもない。人込みのなかで、僕は幾度も人にぶつかった。焦燥が苦い汁のように胃の底から込み上げてくる。それは、ついぞ泳ぎを知らぬ幼児が、沖合いで浮輪を失った時のようだった。商人の活気のある呼び声が次次と耳に入っては消えた。その言葉の意味はどれ一つとして解らなかった。そして、どこにもヨンチョルの姿はなかった。

途方に暮れるというのは、まさにこうしたことを言うのだろう。僕は地図を忘れてきたことを後悔した。息切れがして、走るのを止めた。びっしりと胸に汗をかいている。ヨンチョルと逸《はぐ》れた場所にひとまず戻ることにして、もと来た道筋を歩きだした。彼が僕を置いて一人で去ったことの理由を考えた。余計な係わり合いになるのが嫌で、僕がたやすく自分に追いつくことを期待して、先に進んだだけなのだろう。この考えは僕を安心させた。

もう老婆の姿はなかった。人人の往来が事件の痕跡を拭い去ってしまっていた。新聞売りの少年が夕刊の内容を大声で叫んでいる。誰も僕に関心を向ける者などいなかった。先程の狂女を記憶に留めている者さえいないだろう。何もかもが嘘のように思えてきた。激しい不安に市場の地面に押しつけられ、捩じ伏せられるようだった。その時僕は突然、気が付いたのだ。そうだ、ヨンチョルはやはり僕を見捨てて行ってしまったのだ、と。そして、その理由は、日本人の前で日本語を喚《わめ》きちらす老婆を彼が絶対的な恥だと考え、その場に居た堪《たま》れなくなったからではないだろうか。

ソウルの街はまるで魔法陣のように僕の前に展がっていた。進むべき方角も定まらず、ただ不安と焦燥に駆られて駆け出した瞬間、どこからともなく荘重な管弦楽の音楽が始まった。旋律は白い大きな天幕のように、市場に屯する群衆の頭上に舞い降りてきた。この都会に到着して以来、飽きるほどに聞かされてきた音楽だった。とたんに、これまで歩いてきた通行人は立ち止まり、商人は物売りの声を止めた。誰もが直立不動の姿勢を取っていた。無気味な光景だった。朝夕には必らず国歌が演奏されることになっていたのを、僕はすっかり忘れていたのだ。午後六時だった。国歌はまだ続いている。僕もまた激しい動悸を隠しながら、見えない壁に突き当たったように静止しなければいけなかった。

リングの内側では二人のレスラーが挑発と牽制を続けている。一方はアントニオ猪木だが、もう一方は知らない外国人レスラーだ。頬にまで髯を伸ばし、堂堂たる体格をしている。インド人かもしれないと思う。ぼんやりと音の聞こえない画面につきあっていると、どちらが優勢なのか、よくわからない。髯男は派手な蹴りを入れたり、反則めいた仕種を見せるのだが、猪木はいっこうに動じず、鋏のように拡げた両手を崩そうとはしない。遠くから見ていると、二匹の蟹に見えてくる。ときどき興奮した観客席が映る。

　しばらく前から、ヨンチョルといっしょに真露焼酎《チンロソジュ》を呑んでいる。武橋洞《ムギョドン》の呑屋街の奥にある、ごくありきたりの焼鳥屋だ。さほど広くない。平土間に卓が五つ六つ、奥のオンドル間に二つ並んでいる。店先では中年の女主人《アジュマ》が客寄せをしながら鳥を焼いている。店の内では、パーマをかけた髪を菊人形のように前に突き出した娘が、皿を運んでいる。

　客は、僕たちの他に七、八人である。隣の卓で一人で呑んでいる中年男が暇をもてあまし、何かしきりに話しかけたくてしかたないといったふうに、こちらに視線を向ける。豚足の皿を前にして激しい口調で議論しあっている三人のサラリーマンがいる。酒気を吐くように大きく咽喉を鳴らす音がする。

　オンドル間の壁には、ピンク色の造花とマジックインキで書かれた短冊形のメニューに挟まれて、テレビが置かれている。テレビの前の座敷は特別に席料を取るらしい。誰も坐っていない。客は僕たちを含めて、平土間からプロレスの画面を覗きこんでいる。カラーの画面だ。おおかた釜山《プサン》で受信した日本の放送をビデオテープに録画して流しているのだろう、とヨンチョルが言う。店内に日本語が君臨することを嫌ってか、それともわざわざ特別席の客を優遇するためか、音量は極力狭められている。数メートル離れた卓の僕の耳には、歓声が時に細波のように届くのを除けばほとんど何も聞こえない。切れ切れに単語が耳に入ってくるのだが、それさえも周囲の騒音に消されてしまう。もっとも、それほど神経を集中しているわけでもないのだ。日本語は僕を擽《くすぐ》る。僕を気恥ずかしい場所へ追いやる。音声を奪われた画面のなかで、アントニオ猪木ももう一人の髯男も奇妙に間の抜けた動きを見せている。

僕とヨンチョルは何を話しているのか。別に。ビリー・ジョエル。ソウルの物価指数。煙草の銘柄。柳済斗《ユ・ジェド》。三島由紀夫。ヨンチョルは『金閣寺』を絶賛している。ゴールデン・パヴィリオン。クムカクサ。翻訳で読んだらしい。僕には、先日のシナムの行為が気にかかっている。彼はなぜ僕を置いてきぼりにしたのか。ひょっとして、老婆に耐えられなかったのではないか。僕は自分の卑劣な推測にも嫌悪を感じている。そして、それを口に出せないでいる。話題はとりとめもなく移る。ヨンチョルが自分の小さい盃を僕に手渡す。韓国式の酒席での礼だ。盃を受取り、彼が注いだ酒を呑み干すと、盃を返す。アントニオ猪木はいつのまにか場外で、椅子をもった相手に頭を叩かれている。英語で話し続けるのがいい加減に面倒になってくる。この仮面の言葉は僕をどこへも導いてくれるわけではない。パーマを盛りあげた娘が、無愛想に卓の上に豚足の皿を置いた。空になった焼酎の背の低い青いガラス瓶を浚《さら》ってゆく。二人とももうかなり呑んでいる。首から頬にかけて、うっすらと熱いものが押し寄せている。ヨンチョルはどう思っているのか。僕は彼のなかに触れてはならないものがあることを発見して、当惑しているのだろうか。彼を憤らせ、恥じ入らせ、傲慢にも不機嫌にもさせてしまうもの、その熱い核に直接に手で触れてしまうだけの勇気が僕にはない。豚足をつかみ、小皿の唐芥子の味噌に浸して口に運ぶ。肘を卓にのせて頬杖をつきながら、小皿のうえにじっと目を凝らす。まるで赤茶色をした泥だ。たった今、抉った軽い跡がついている。僕は、酔っているな。なぜ理由もなく軀を曲げて、味噌を覗きこんだりするのか。ヨンチョルが口を横に拡げて微笑する。

ふいに卓を叩きつけるような声が背中を襲う。**コム！**　僕は跳ね起きる。振り返ると、少年だ。険しい眼付きをしながら、後ろにじっと立っている。半袖のシャツの間から細い腕が伸びている。おかっぱ頭の天辺から垂直に落ちる声で、抗議するかのようにもう一度叫ぶ。**コム！　コム！**　少年は少し出歯だ。頬が汚れている。その眼差しは身じろぎもしない。何を期待しているのか。僕には君の突然の韓国語がわからない。いや、これは韓国化された英語だ。その証拠に、濃緑色のビニール紙に包装されたチューインガムを手に握っている。いくらかを尋ねようとすると、僕を遮るかのようにヨンチョルが何か早口で言う。怒ったような口調だ。少年はしばらく無言で粘っている。すでに相手にしていないことを分からせるために、ヨンチョルは僕にむかって話しかける。表情を切り換える。少年は諦めて、隣の卓へ移る。

プロレスはいつのまにか終わっていた。しばらくテープ連結の黒白画面が抽象模様を映し出している。やがて、サーカスの公演に変わる。言葉が通じなくとも客たちが単純に楽しむことのできる番組だけを選んで、録画を放映しているらしい。色鮮やかなチャイナドレスの少女たちが高く張られた綱の上を、次次と玉に乗ったまま進んでゆく。玉にもまた、赤、黄、緑と原色の縞目が入っている。色彩調整が不十分なのだろう。最初は気にも留めないでいた画面の色調の歪《ひず》みが、しだいに目立つようになる。釜山で収録した時のミスだろうか。人間の顔がオレンジ色を帯び、舞台全体が黄色く偏色している。給仕の娘はまったく無関心だ。入口近くの調理場と卓の間を往復し、女主人と雑談を続けるのに忙しく、テレビに気を向けようともしない。客の誰かが文句を言うというわけでもない。ヨンチョルが彼女を呼びつけて、何かを命じている。瓶に残っている焼酎をひと思いに盃に注ごうとして、僕は誤って空瓶を一本、足下の床に落としてしまう。ガラスの割れる音。しかも遠いところのような気がする。気にすることはない、とヨンチョルが言う。

向こう側の卓で一人で呑んでいた中年男がこちらへ近付いてくる。彼のひどく赤い顔を見る。息が荒い。僕らに向かって、韓国人のくせをしてなぜ英語で話をするのだ、と絡んでくる。男の前歯が欠けているのを見る。僕は日本人《イルボンサラム》で、韓国語はまだ駄目なんだ、と韓国語で説明してやると、一瞬きょとんとした表情になる。呑み仲間を探そうと接近したのにみごとに拍子抜けした、といったようすだ。決まり悪そうに握手を求めてくる。湿った手だ。

テレビでは剣投げが始まっている。白装束に身を固めた芸人が三本の剣をまるで手玉代わりに宙へ抛り投げ、両手で弄んでいる。色彩はもはや手がつけられなくなってきた。どうも日本のサーカスじゃないらしいな、とヨンチョルが言う。レッド・チャイナだ。なるほど、舞台後方の垂れ幕には、中国サーカスの福岡公演の幕がかかっている。もう画面を覗いている客は一人もいない。新しく何組か客が入り、店内はたいそう賑わってきた。そのなかで、僕だけがテレビに映るコマーシャルの緑色の空と黄疸のような太陽を見つめている。目がちらつき、疲労を憶える。日本を離れてまだ数ヶ月もたっていないというのに、コマーシャルにはどれ一つとして見憶えがない。目紛《めまぐる》しく交替するそのどれもが、ソウルの民放のそれに比べて豪華で、テンポが早く、洗練されている。ぽかんと見ていると、ホームシックか、とヨンチョルが尋ねる。そうじゃない。何もかもが遠い感じがするんだ。甘ったるい。おそろしく甘ったるい、と僕は思っている。海一つしか隔ててないというのに、日本という国家全体がなかば融けだした巨大な砂糖菓子のように見えてくる。粘着性の蜜が僕の足下にまで流れてきそうだ。

店の外でサイレンが鳴りだす。火事ではない。客たちは誰一人として気に留めず、そのまま酒を呑んでいる。単調な音がいつまでも長い尾を引いている。防空演習だ。店の蛍光灯がいっせいに消える。一瞬、水を打ったように静かになり、やがてあちらこちらで咳払いやひそひそ話の気配がする。たいしたことはない、月に一度あることだ。外に出ないでじっとしていればすぐに終わる、とヨンチョルが言う。店の外、通りのはるか彼方で何事かを大きく喚いている声が聞こえ、静かになる。オンドル間のテレビだけが消し忘れられて、暗闇のなかで鱗火のように光っている。騒音が消えたせいで、サーカスの観客の拍手と歓声が空間を伝わって微かに聞こえる。画面にはオレンジ色が周囲に完全に滲みだしてしまって、色彩の動きだけがポップアートの絵画のように映っている。映像が動くと、こちら側の卓の表面や客たちの額に反射していたオレンジの光がちらちらと変化する。僕たちは水槽のなかの魚のようだ。女主人があわてて奥の間に駆け上がると、テレビのスウィッチを拈《ひね》る。完全に真暗になる。サイレンはまだ終わらない。僕の目の裏側にはテレビの眩しい残像が焼きつけられている。手探りで卓に触れ、盃を見つける。溢れぬようにおそるおそる酒を注ぐ。

「はじめてか」

「来たそうそうに一度あった。外に出ている時は、はじめてだ」

「日本にはないから、驚いただろう」

「今はない」

「昔はあったのか」

「昔はあった。アメリカと戦っていたころのことだ。僕の母など、戦争に敗けて、ああ、これでやっと明るい風呂に入れる、と思ったくらいだ」

「辛抱すればいい。もうすぐ解除になる」

ヨンチョルは煙草に火を点ける。ライターの灯が、ほんのわずかの間ではあるが、卓の周囲をほんのりと浮かびあがらせる。ヨンチョルの額が古代の彫像の首のように強い陰影をもって出現する。大きな鼻の下に、煙草を銜えた形のよい唇が見える。火は消える。

「金をやるのが嫌なのか、ヨンチョル」

「何のことだ」

「さっき、小供を追い払っただろう」

「気になるのか」

「少しね」

「人に施すという考えを憎んでいるんだ。自分の方がわずかでも裕福であるという理由だけで、人に恩恵を授ける権利をもっていい、といったものでもないだろう。あの時、君は金を払おうとしたのか」

「わからない。急だったので、驚いたんだ」

「それが手だ。どこにいてもいきなりやってきて、目の前にガムを一個置く。俺は施す奴も施される奴も、見ているだけで不愉快になる」

「君が裕福だからだろう」

「貧しくても同じことを考えたはずだ。人の同情を受け取るくらいなら、どうして自分から盗もうとしないのか」

「盗む?」

「盗まない小供は小供じゃない」

「こないだ、どうして逃げた」

「逃げたわけじゃない。隠れて、君がどう切り抜けるか、楽器屋の奥から見ていたんだ」

「ひどいな」

「怒っているなら、謝るよ。悪意があってしたわけではないんだ」

「正直言って、あの時は驚いたな」

「狂人はどこにだっているだろう。ソウルにも、君の東京にも」

そうだ。狂人はどこにでもいる。サイレンが鳴り止む。訓練は終わった。街のあちらこちらで灯が戻りだした気配がする。空気のなかから緊張が消え、笑い声がする。蛍光灯が点る。安堵感が訪れる。世界は元通りだ。すでに見知った店のなかがどことなく間延びして見える。先に僕に近付いてきた中年男は、卓に俯《うつぶ》せになったまま、軽い鼾を立てて眠っている。

ここを出よう、とヨンチョルが言う。僕ははたして納得がいったのか、いかないのか。心は一方で戸惑い、もう一方でヨンチョルを許している。だが、今はすべてを包み込む酔いが僕を突き動かしている。ヨンチョルが勘定を払おうと身構えるのを無理に押し切って、僕が女主人に金を渡す。サムチョンパルベゴン。三千…八百ウォンだ。数字に抜かりはない。壁の「精神秩序」と大書きされた政府のグラビアのポスター横に、火避けの小さな護符が貼られているのを見る。

僕たちは外へ出る。細い敷石の道だ。歩きだすと、ぽつりぽつりと雨滴が頻に垂れる。両脇に並んだ呑屋の列から灯が漏れている。千鳥足の酔払いが僕にぶつかり、短い罵倒をして通り去る。僕たちもまた酔っている。路地の奥の暗がりで僕とヨンチョルは立小便をする。尿の繁吹《しぶき》が靴の表を濡らす。僕たちは光和門《カンファムン》前の李舜臣《イ・スンシン》将軍の銅像のところまで来る。

時間は大きな輪を描いて、揺蕩《たゆた》っているのではないか。それはいずれの方向へでも自由に動き、経廻り、また停滞し、ただ僕たちだけが一方向を目指しているために、それに気付かずにいる。僕たちは歩き続ける。地下道を潜り、国際劇場の巨大な看板の前に出る。雨は少しずつ激しさを増す。早くも傘を拡げている男が目に入る。「おい、ビールを呑もう」、とヨンチョルが言う。もう一度地下道を引き返し、タクシーを拾う。フロントガラスに雨滴が次次と落ちている。どこをどう曲ったのか、あっという間に僕たちは到着する。ビヤホールだ。店の前には、蝶ネクタイをつけたタキシード姿の矮人《こびと》が立っていて、呼び込みをしている。ヨンチョルの懇意の店らしい。矮人の甲高い声を後に、中に入る。赤暗いライトがホール全体を包んでいる。個個のボックスを仕切る高い壁。僕たちはもう話さない。秘かな共犯意識と疲労感が二人を取り囲んでいるのだ。やがて二人の女によってビールが運ばれてくる。

十一時二十分になった。僕たちはホールを出る。もう矮人は呼び込みを止めてしまった。雨は相変わらずだ。夜間通行禁止が近付いていることを思い出すには、僕たちはすでにあまりに無頓着になっている。街路からはネオンサインが退き、人影はめっきりと減った。ここはいったいどこなのか。ソウルの何という場所なのか。酔った僕には、それをヨンチョルに問うことすら億劫に思えてくる。シャッターを降ろしたデパートや料理店の側を急ぎ足で抜け、大通りに出る。退渓路《テゲロ》だ。飛び交うヘッドライトの渦のなかに身を乗り出し、横切る車ごとに大声でこちらの目的地を告げる。どのタクシーにもすでに二、三人の乗客が相乗りをしている。十二時を過ぎれば、警察に留置されたところで文句は言えない。ヨンチョルも僕も車を捕えることができないでいる。もう僕のアパートに帰るには遅すぎる。少しずつ酔いが醒めてくる。

　いい方法を知ってる、とヨンチョルが言う。退渓路をソウル駅の方向へ歩きだす。高速道路の交叉した下を潜ると、古色蒼然たる煉瓦造りの駅が姿を見せる。雨はしだいに激しくなる。擦れ違うヘッドライトに照らしだされるヨンチョルの額に、濡れて重くなった髪の毛が葡萄の蔓のように垂れている。人気のない駅の構内で、僕たちは二枚の入場券を求める。このまま釜山行きの鈍行列車に乗り、二時間ほど汽車が進んだ地点でまた元の方向へ引き返せばよい、とヨンチョルは計画を僕に打ち明ける。首尾良く事が進めば、通行禁止令が解除される午前四時すぎにはソウルに帰還できるはずだ。この発想に僕は感動する。大学生時代にいく度か試してみたことがあるらしい。だが、このアイデアは、僕たちの酔態を不信に思った改札係の看破するところとなる。結局、二人はプラットホームに入れずに丁寧に追い返される。待合室の大時計は十一時五十分を示している。

ヨンチョルは小供っぽい表情で失敗を認める。レオナルドの描いた聖ヨハネのような、不吉にして甘美な微笑だ。今や僕たちは完璧な親しさに満ちた友人だ。計画の発覚から来る危惧よりも、絶頂に達した共犯感情が僕を有頂天にさせている。もはや時の遅れなど恐くはなくなった。秘かに、警察の取り調べを受け、狭く寒いコンクリートの留置所に二人で収容されることのスリルと興奮を空想する。

金はどのくらいあるか？　とヨンチョルが尋ねる。僕たちはあわせて四万ウォンほど持っている。結局、駅を出て、退渓路を戻り、旅館に泊ることになる。どしゃ降りだ。肌にシャツがこびりつく。寒い。僕たちは靴のなかどころか、下着まで濡れているのだ。通い慣れた道筋なのか、ヨンチョルは退渓路を右側へ曲がり、南山《ナムサン》の方角へ通じる狭くて軽い上り坂を迷うことなく進んでゆく。もう誰も歩いていない。とうに十二時を廻ったはずだ。暗い電柱や煉瓦の壁を穿とうとする雨が白く光っている。アスファルトの地面はいちめん水溜りで、薄膜が張ったように坂を水が流れている。靴に水が染み渡る。歩くたびに嫌な音をたてる。

安ホテルが建ちならぶ暗い路地をいくつも横切ったところに、その古ぼけた四階建のアパートはある。玄関のところまで来て、ヨンチョルは僕のほうを振り返り、白い歯を見せる。ソウル駅での失敗を挽回するかのようだ。階段を上る。歩くたびにヨンチョルの靴が水の跡を残す。ズボンが足に纏りついて重い。僕は小便がしたくなる。

四階の扉を叩くと、しばらくして無愛想な顔をした中年女が応待に出る。ヨンチョルと小声で話しあっている。髪の毛の長いのと短いのと両方いるのだが、どちらがいい、と機械でも扱うように、ヨンチョルが僕の方を向いて尋ねる。女のことだ。長い方がいい、と答える。二人の英語に、中年女は不思議な顔をしている。

通された部屋は四畳半ほどの広さだ。寝台と洋服簞笥だけが抽象絵画のように置かれている。ヨンチョルは廊下を隔てた部屋に落ち着いたようだ。僕は煙草を吸おうと、寝台のうえに乱暴に投げだした上着のポケットを探る。ノックの音が聞こえ、水玉模様のワンピースを着た女がビールを盆に載せて入って来る。二十ぐらいだ。頬が少し痩《こ》けている。自分のことをミス・リーと呼んでほしい、と言う。彼女は黙ってシュミーズ姿となり、僕の靴下を脱がせる。隣にある狭い浴槽の縁に叩きつけながら洗い始める。

もうみんな眠ったころだろう、と僕は考えている。ガム売りの出歯の少年も。孤独な中年男も。菊人形のような髪をした焼鳥屋の娘も。呼び込みの矮人も。ヨンチョルはまだ暗闇のなかで眼を輝かせているのだろうか。

風呂場の窓からは、南山タワーの高く尖った影だけが雨の膜の向う側に見えている。窓ガラスが水滴に融けてゆけばいいと思いながら、僕は足下で無言で洗濯をしている女をいつまでも見ている。

ひどく暑い。空はどこまでも高く、まるで巨大な青い火焔となってこの都会を包んでいるかのようだ。カーテンを引いて部屋に閉じこもっていても汗が湧きだしてきて、読書をする気にもなれない。昼間の団地はがらんとして人気がない。ときおり明け放された窓の下の方から小供たちの遊んでいる声がするだけだ。思いきって、河の方へ散歩に出てみることにした。

アパートの脇の砂場と塵埃《ごみ》処理場を抜け、植えられてまもないイタリアポプラの並木を越えた。団地を囲む高さ一メートルほどの煉瓦塀を乗り越え、雑草に覆われた小高い丘を上りきると、そこはもう漢江を見降ろす土手である。砂利道を土煙をたてながら建築会社のトラクターが往復するほかは、誰も土手を訪れる者はいない。白く埃を被った芒《すすき》の群が、思い思いの向きに頭を下げて生えていた。河原を左手に眺めながらしばらく土手を歩いてゆくと、右手に建設中のアパートの一群が見えてきた。

剝き出しの鉄骨が何十本もそそり立っていて、下方はすでにコンクリートで固められている。見降ろせば、土手と建設現場の間のちょうど谷間状になった一画に、人夫たちのプレハブの小屋が何軒か設けられ、モンペ姿の賄い女たちが数人集まって洗濯をしながら、何やら話に夢中になっている。犬まで飼っていた。もっとも、僕のいる土手の上からは遠すぎて、彼女たちの話し声は少しも聞こえてこない。

昼休み時なのだろう。人夫たちが作業場の空地でサッカーに興じているのが見えた。みんな恐ろしく上手い。毎日、休憩が始まるたびにボールを弄《いじ》くってきた、といったふうだ。狭い場所を用いて器用に試合を進める。腰をかけてしばらく見物していると、歓声があがった。

太陽は僕の真上にあった。光に重さというものがあるだろうか。大気がすべて取り払われてしまったかのように、光線は直接に、埃っぽい土手に、アパートの鉄骨に、そして半袖のワイシャツから剝き出しになっている僕の左腕に照りつけていた。僕を地面に叩きつけるほどの強さだ。首筋から汗の玉が落ちた。

煙草を一服吸い終えると、土手を降って河原に向かった。とたんに夏草の発酵したようなきつい臭いが全身を包んだ。繁みに潜んでいた無数の虫たちが驚いて、僕を中心に放射線上に飛び散ってゆく気配を感じた。背の高さまである草を掻き分け、進む。ふいに固い大きな塊に靴先が触れた。緑に埋もれて、二メートル四方のコンクリートが顔を覗かせている。横の壁に長方形の暗い穴が覗いていた。トーチカだ。河を挟んで向う岸にまで敵が侵入してくるといった非常事態に備えて、目立たぬように設置されたものらしい。灰色の壁にはたどたどしい手付きで女陰の絵と数字が蠟石で描かれていた。おおかた小供たちの仕業だろう。穴を覗き込むと、内部は思ったより広く、地上に露出している部分の何倍もありそうだった。コオロギがいるな、と直感した。長い間陽の光に晒されたためしのない冷やかな空気が眠っている。

河原はどこまでも続いていた。流れはほとんど乾上がって、一キロほど向こうに細細と続いているにすぎない。土手を降りきってしまうと見通しがきかなくなり、水のありかがたちまちわからなくなってしまう。見渡すかぎり、白い小石の原だ。どの石にも乾いた泥がこびりついていて、動物の骨の散乱を連想させた。歩いている者は僕を除いて誰もいなかった。ところどころに陰毛のように生気のない草が生えているのが唯一の目の慰めだ。

しばらく歩いていると、窪みに浅い水溜りを見つけた。何週間も前に本流から見捨てられた増水の記憶なのだろう。黄緑色をした藻類が汚れた生温い水に浸って、かろうじて生を保っていた。水面の上には羽虫が低く群をなしている。

足を前に進めるたびごとに、熱気が頬を掠めた。世界中にただ一人立っている人間のような気がした。咽喉の裏側が乾いて、ひりひりと痛む。帽子をもってくればよかった。そう気付いた時には、すでに河原の中頃に来ていた。進むことも引き返すこともできない場所だ。荒地とは、これを指してそう呼ぶのだろう。亀裂の入った泥土の上を足取りは曲がり、戸惑う。首をあげ、はるか彼方に見える鉄橋を目ざした。軽い眩暈がした。これが、僕が毎日バスの窓から見降ろしている漢江の岸辺なのか。身体がじりじりと焙られているように感じられた。汗が髪の間を伝わる。業火だ。人形の首が曲がるように、僕の眼差しの中で地平線がぐらりと揺れた。

日陰を求めて橋の下に辿りつき、コンクリートの柱と柱の狭間に潜りこむまでにどれほどの時間がかかったことだろう。僕はすっかり疲労困憊していた。太陽の光に全身が鞣《なめ》されたような感覚だった。頭上のコンクリートの上では、いつものようにバスが真黒い排気ガスを撒き散らしながら通り、検問所では若い兵士たちが検問を行なっているはずだった。そこでは、車の走行音やクラクションの混じった都会に特有の音響が、靄のように立ち籠めているのだろう。だが、そうしたことは今の僕には何の関係もなかった。ここは、河原に降りたってみないかぎり誰からも発見されることのない、秘密めいた場所だった。柱にもたれかかり、乾ききった口の奥をなんとか唾で湿そうとしていると、しだいに安逸な気持になった。どこからか、かすかに枯草の香りが漂ってくる。尻に敷いている冷たい小石さえ快く思われた。まもなく眩暈は治り、シャツを肌に貼りつけていた汗も引いていった。強い輝きに慣れきっていた眼はまだ周囲を見定めることができず、僕は暗い洞に迷いこんだような気がした。これまで歩いてきた道のりを振り返ると、白い河原が無限に続いていて、何もかもが燃え尽きて灰と化したようだった。物音一つ聞こえなかった。影の領域とその領域は明確に分けられている。僕は灼熱の地帯を越えてきたのだ。夕暮どきになり、黒と白の境界が曖昧になるまでしばらくここに留まっていよう、と決めた。

少し眠っていたのだろう。目が醒めると、近くに人のいる気配がした。薄暗がりに慣れた目であたりを見廻してみる。僕が背を預けている柱の周囲はいちめんに筵で覆われ、そのうえには余すところなく何かの実が敷き詰められていた。エナメルのように光る細長い一粒を手に取ると、赤唐辛子だとわかった。触ると、内部でしんしんと細かな粒が動く音がした。凝固した小さな紅蓮、小さな修羅が数知れず眠っている。僕は知らずと赤唐芥子の陰干しの場に足を踏み入れていたのだ。まだ夏の盛りだというのに、無数の種がここで静かに待機していた。

ヨンチョルが立っていた。上半身裸で黒いタイツを穿いている。僕の方を向いて、彼は両手を拡げていた。眠っている僕を見ていたのだった。ヨンチョルが何のためにここにいるのか、僕にはわからなかった。声をかけようとして、僕は思わず言葉を呑んだ。ヨンチョルの肌は蛇のように冷たく鈍く光っていた。彼の背後の暗闇に、低い炎が連なって、鎖のようにちらちらと燃えているのが見えた。

電話が鳴っていた。金属音が周囲に跡を刻みながら、錐揉みのように意識の井戸を下に落ちてゆく。

見慣れたカーテンの黄色が部屋全体を染めている。外はとうに明るかった。寝惚け眼《まなこ》で台所の受話機を握ると、早口の英語が聞こえてきた。ヨンチョルからだった。会社が夏休みに入って同僚と東海《トンヘ》へ海水浴に行くことになったから、それまでに一度家に遊びにこないか、という誘いの電話だった。泊りがけでもいいんだ、と言う。

僕は大学が夏休みに入ったおかげで授業もなく、毎日ぶらぶらとしていた。一度、数人の学生たちと全羅南道《チョルラナムド》へ短いキャンピングツアーをした他は、アパートの近くのプールへ泳ぎに行ったり、語学学校で知りあったインド人とテニスをするといった日々を過ごしていた。ああ、と電話に答えて、待ちあわせの場所を決めた。

ヨンチョルとは一週間に一度くらいの割りで会っていた。たいていは土曜日の夕方だったが、前日にどちらからともなく電話をかけて、予定を確めあった。明洞のビヤホールで落ちあい、アメリカ映画を観に行ったり、ビリヤード場に足を運んだ。射撃場で、ヨンチョルは信じられないほどの腕前を見せた。優秀な兵士だったのだろうな、と僕は彼が軍服を身につけている姿を想像した。

もうソウルの主だった街角や建物は頭の中に入っていて、地図なしでも飛び廻れるほどに、この暑く猥雑な都会に慣れ始めていた。日常の言葉にもさほど不自由しなくなった。太陽はいつまでたっても西に傾いたきりで、いっこうに沈もうとしない。半袖のワイシャツにネクタイという会社帰りのヨンチョルの姿は、ジーンズにTシャツといった僕の格好とくらべると、確実に年長者に見えた。

いつも遅くまでビールと焼酎を交互に呑んだ。ヨンチョルといっしょに市場の露店に置かれた長椅子に腰かけると、彼を通して僕の心が路上の隅隅にまで拡がってゆくような気がした。彼は、教え子の学生たちが口籠ってしまうような政治的な話題すらをも、しばしば臆することなく話した。もっとも、自分からはあからさまに政治的信条を吐露したり、悲憤慷慨を訴えるというタイプではなく、むしろ僕を挑発し、反応を試すために、あえてそうした話題に触れているといったところがあった。

実際、彼は呑みながら、僕にむけて折りにつけ質問を浴びせかけてきた。さまざまな距離から僕の何かを測定しているようでもあった。日本人の間に伝わるという奇怪な処女鑑別法から朝鮮総連の存在まで、質問はあらゆる分野にわたっていた。なかには笑いながら彼の好奇心に応じてやれるものもあったし、答えるにはこちらにあまりに準備が不足しているものも混じっていた。ヨンチョルには、僕がうまく答えられずにいるのを予想しているような意地の悪いところも、ないわけではなかった。それじゃあ、君はどう思う、と尋ねると、何も答えずにただ笑っていた。

夜が更けると、そのまま終バス間近に別れることもあったし、いつかのように女たちのアパートに泊ることもあった。終夜営業のディスコティックで通禁解除の午前四時まで粘り、まだ暗く人気の絶えた繁華街を闊歩して、わずかに勝手口を開けている料理屋で牛の血を焚きこんだ粥を啜って帰る。僕はこうした微かな悪事の楽しみも憶えた。ヨンチョルは分け知り顔に、僕をどこへでも連れていった。まるで街全体が跳ねあがっているように思えてくるのだった。

好気心と裏腹に、ヨンチョルの内側に何か捉えようのない屈折した感情が眠っていることも確かだった。最初の夜、決して学生たちの金鉢叩きに加わろうとはせず、虎視を輝かせていた彼に僕が感じとった直感は、やはり正しかったのだ。彼は群れに混じることを強く拒んでいた。いくら顔をつきあわせていても、ひょっとして全身の血が凝っているのではないか、と思わせてしまう瞬間があった。

僕を強く印象づけたのは、ある晩にヨンチョルがとった奇矯な振舞いだった。在日韓国人画家の個展のオープニングパーティーの帰りのことだった。僕たちはロッテ・ホテルの地下のバーで、カウンターに腰をかけながらビールを呑んでいた。すぐ後方の卓では二人のアメリカ人が派手なチマとチョゴリを着た韓国人女性を囲んで、なにやら話に興じている。陽気な笑い声が聞こえた。僕たちはジョッキを片手に、この国で次次と翻訳される日本のベストセラーのことを話題にしていた。

「俺は白馬部隊《ペンマプデ》に四ヶ月ほどいたことがあるんだ」ヨンチョルがふいに声を高めて話しだした。「撤退する最後の時期だった。荷物運びばかりさせられた記憶があるよ。湿気が強くて、肩に背負っている荷物の紐が汗でずるずる滑ってゆく毎日だった」

英語が耳に入ったのか、後ろの席のアメリカ人がちらりとこちらを窺ったのが解った。

その後でヨンチョルが語ったのは、恐るべき体験談だった。攻略した村の周囲を偵察していた時、数人のアメリカ兵がベトナムの少女を取り囲んで輪姦している現場を目撃した、と言うのだ。遠くで一部始終を見ていると、まるで小供がよって集《たか》って一匹の小犬とじゃれあっているようにのどかに見えた。小一時間が過ぎ、兵士たちは飽きたらしい。立小便をしたり口笛を吹きながら野営地へ帰っていった。叢を掻き分けて現場に近付いてみると、少女の首から上はまるで石榴をぐしゃぐしゃに潰したように真赤だった。物語を語るヨンチョルの声には何の淀みもためらいもなかった。むしろ冷静な語り口を楽しんでいるような、無気味な余裕が見られた。

ホテルのバーを出て銀行とデパートの立ち並ぶ目抜通りを明洞へと向かうまでのしばらくの間、僕たちはお互いに何も言わなかった。僕は背中に冷汗をかき、どう話しかけていいのか見当がつかなかった。動揺を静めようと、ただ前を向いて夜道を歩いた。ひどく惨たらしいものを眼前につきつけられたような気がした。ヨンチョルがなぜ突然僕にこうした話をする気になったのかも、理解できないでいた。アメリカとの軍事的取り決めに従って大量の韓国兵がベトナムに投入されたことは、以前から知っている。彼らの残虐な戦闘ぶりにはしばしばアメリカ兵すらもが舌を巻いた、という話も日本では報道されていた。目の前で静かにビールを呑み、親しげに付き合っていた同世代の青年がそうした派遣兵の一人であったかと思うと、僕たちの間に横たわる距離をあらためて認識せざるをえなかった。何かにぐいと突き放されたようだった。そう、この国では戦争は日常の出来事だったのだ。ヨンチョルがチューインガムを押し売りに来た出歯の小供を無下に追い払った時の光景が甦った。この男は確かに修羅場を見ている。

明洞の殷賑《いんしん》が途切れるあたり、カトリック大聖堂の前の影の溜りのような場所にまで歩いてきて、ヨンチョルは突然僕の肩を叩き、大聖堂へ通じる坂に設けられた鉄の欄干に腰を預けると、もうこれ以上我慢することができないといったふうに笑い出した。両手を下に拡げ、軀を捩り、首を激しく引く。その姿は、火の翼をもつという南国の伝説の鳥を連想させた。近くの暗がりで肩を寄せあっていたアベックが、何か不吉なものでも見たかのように慌てて遠ざかっていった。

「おい、君はまさか本気にしているわけじゃないだろうな。みんな嘘だよ！　嘘だよ！」

背中に短刀を突き刺された気分だった。高笑いはしばらく止まない。

ヨンチョルはバーでいけしゃあしゃあと法螺話を創作していたのだ。後ろの席で女の子を口説いている二人のアメリカ人の存在を意識して、故意に声をあげて語っていたのだという。俺たちが出ていく時の連中のほっとしたような顔を見たかい、疫病神が通りすぎる時のようだったぜ、と彼は笑い崩れながら続けた。

「ベトナムに行かされたのは、俺よりもう少し上の世代だ。金儲けにはなったらしい。俺が軍隊に入った時にはもう戦争は終わっていたよ」

僕が半信半疑の顔付きで黙っているのを見て、いささかやり過ぎだと気付き、きまりが悪くなったのだろう。笑いから醒めて、いささか弁解するかのように説明した。なるほど、実に堂に入った芝居だ。目の中に摺りこまれた芥子のような、残酷な冗談だ。この男は米軍キャンプ内にある英語常用の大学でアメリカ人の学生たちに囲まれながら何を考えてきたのだろう、と僕は思いやった。彼が孤独と屈辱に耐えている姿が浮かんだが、心はただちにそれを打ち消した。緊張が解《ほぐ》れると、今度は僕も付き合って笑わなければならない番だった。しかし、何に対して笑っていいのか、わからなかった。いくら笑おうとしても、僕の笑いはお追従の、卑小な笑いだった。そして、ヨンチョルはといえば、世界の裏側でたった一人で笑っていた。

ヨンチョルにはこうして、いつも僕を急に不安の底に突き落とすようなところがあった。よく好きな女の子の誕生日に蛇の卵をプレゼントするといった類の小供がいるものだ。例えていうならば、ヨンチョルの悪《わる》巫山戯《ふざけ》にはそうした小供に通じるところがあった。若い悪魔のような、という形容も許されたかもしれない。彼は僕を街の真中に連れ出し、途方に暮れた頃を見計らって救いの手を差し伸べる。僕はその思うままに手玉に取られ、最終的に彼の優位を確認させられる。自分が遊び相手に選ばれたのはなぜだろうかと僕は考えていた。たまたま同じ世代の日本人であったという事実は、無視できないことだった。ヨンチョルが日本に対して激しい対抗意識を抱いていることは、対話の端端から感じられた。だが、彼は僕ばかりではなく他の者たちをも戸惑わせてしまうのだ。夏休み中、僕が誘っても、教え子の学生たちは口籠ってしまい、決してヨンチョルと呑みに出かけようとはしなかった。とすれば、彼は最初に知り合いから僕の話を聞いた時から、僕を見据えていたに相違ない。不自然を承知の上で、金鉢を叩く学生たちに囲まれて僕の到来を待っていたのだろう。そして、僕はみごとに彼の張った網にかかったのだ。

もっとも僕はといえば、むしろヨンチョルとの間に結ばれた共犯者めいた感情に酔っていたのかもしれない。彼は群れから孤立していたが、それは彼に似付かわしい栄光のように思われた。明洞聖堂の前で両手を拡げて笑っているヨンチョルの姿は消しがたい記憶となって、僕を支配した。そして、僕はこの呪縛に身を委せると同時に、一方では秘かにヨンチョルが挫折することを願っていた。意図的な悪意からではなく、ただそうなることへの意味のない期待から、彼の築いた天蓋の一隅が崩れ落ち、空の向う側が垣間見える瞬間を夢想した。僕はひどく残酷だったかもしれない。だが、そのために僕はとりたてて何もしなかったし、ヨンチョルの遊戯の規則に従うことは決して屈辱でも苦痛でもなかった。そう、これはゲームなのだ、と僕は自分に言いきかせた。ヨンチョルが狂った老婆に僕を任せて隠れていたのも、深夜に僕をいかがわしいアパートへ連れて行ったのも、すべてがゲームなのだ。なるほど、僕はヨンチョルのこうしたやり方が破綻をきたし、彼が当惑し床の上を転がり廻る光景を心に描いたが、その後に何が起こるかについては、まったく予想がつかなかった。伽藍が音もなく燃え崩れた時に、裏側の青空もまた乾ききった絵具のように剝げ落ちる。その後は空白だった。僕の思考はそこで完全に止まってしまう。ヨンチョルの現実の宇宙が終わりを迎え

ると は、とうてい信じられなかったからだ。だが、その瞬間は思ったよりもはるかに早く来た。

南山の裏側にあたる梨泰院《イテウォン》洞《ドン》にヨンチョルの家はあった。外国人専用のマンションが立ち並ぶ、ソウルでも有数の高級住宅地である。夕暮時にバス停留所で待ちあわせた。高い煉瓦塀に両脇から挟まれた閑静な路地へと案内され、いくたびか曲がると、突き当りの大きな家がヨンチョルの住居だった。塀の上から伸びすぎた薔薇の濃い緑の葉が覗いていた。

ヨンチョルが名を告げると、電動式の玄関の扉が開いた。手入れの行き届いた芝生にはシェパードが遊んでいて、飼主の帰還を喜んでか、こちらへと走って来た。迎えに現われたのはまだ高校生らしい女の子だった。従妹だ、とヨンチョルが紹介した。女の子はぴょこんとお辞儀をすると、急いで廊下を走っていってしまった。

ヨンチョルの話によれば、父親は法律事務所を開いているらしい。弟が運転手として雇われていて、その妻と二人の娘を含めて都合二家族がいっしょに生活している。兄の裕福な暮しぶりが田舎に住んでいた弟を招き寄せたのだろう。伝統的な大家族主義の名残りだ、と僕は思った。

夕食まではまだ時間があった。僕はシャンデリアの飾られた応接間に通された。庭に向けられたガラス張りの壁は、そのまま温室に繋がっていて、幾十もの観葉植物の鉢が並んでいる。ガラス越しに西陽が踊っていた。一方の壁には暖炉を模したストーブが据えつけられ、ガラス扉のついた豪華な書棚があった。父親の蔵書らしい。覗き込んでみると、日本の法廷小説や弁護士の回想録といったようなものばかりで、ところどころに背表紙がハングルで書かれた書物が存在しているという有様だった。新書判の日本のポルノ小説も混じっている。書棚の脇の絨毯の上には四、五十冊ほど文藝春秋が横積みにされていた。しばらくヨンチョルと雑談をしていると、先程の女の子が盆に葡萄を載せて運んできて、また慌てて引き返していった。

「シャイなんだ」と、にやにやしながらヨンチョルが言った。ギターをもち出してきたので、僕たちはいっしょに歌った。

やがて父親の帰宅が告げられた。ヨンチョルのような人間にも父親が存在しているというのは、不思議な感じがした。僕はヨンチョルに対する幻滅に怯えた。食事の準備が整うと、螺鈿の大きな簞笥のある朝鮮間に通された。男たちの数だけ黒い膳が四つ、オンドルの油紙の床の上に準備されている。女たちはどこか別の所で食べるのだろうか、部屋にはヨンチョルの母も二人の従妹たちも姿が見えなかった。

父親は以前よりヨンチョルから話を聞かされていたらしい。僕の到来を待ちかまえていたふうだった。堂堂たる恰幅の持ち主で禿頭の下に太い眉がうねっている。韓国語で自己紹介をすると、ああ、そんな中途半端な韓国語は儂《わし》の前では使わんでよろしい、と日本語で一喝した。嫌な感じがした。彼は明らかに、皇国臣民として教育を受けた世代に属していた。側にいるヨンチョルの叔父をまったくの使用人として扱っていた。

人参酒が振舞われ、僕と父親は韓国風に盃を交換しながら日本語で話しだした。ヨンチョルはといえば、ふだんとは違って決して盃を手にせず、黙りこくっている。不審に思っていると、父親の前では酒を嗜まないのが習慣であると言った。彼は従順で礼儀正しいブルジョワの息子でもあったのだ。今日は友だちもせっかく来ているのだからお前も呑め、という意味のことを父親が命じた。ヨンチョルは横を向いて、盃を隠すようにして呑みだした。膳と膳の間では三種類の言葉が飛びかった。ヨンチョルの叔父は何もしゃべらずに、伏目がちにただ箸を動かしていた。

父親は豪気な性格の持ち主だった。三十数年前に終止符の打たれた日帝期の生活にまんざら郷愁を抱いていないわけでもないようすだ。高校の修学旅行で訪れた日光と皇居前の二重橋を懐しみ、その思い出を僕に語った。滅多に使うことのない日本語を口にしていることが、彼を必要以上に興奮させていたのだろう。この世代には珍しくもないタイプなのだ、と僕は思った。酔うに従って彼の親日振りは増進し、しきりと僕に酒を勧めたが、日本人である僕にはその好意はすでに無邪気に受けとれるものではなくなっていた。食事の膳が片付いても、僕は解放されなかった。僕が教育勅語を暗誦していないと知って、父親はいささか得意そうだった。ヨンチョルはといえば、日本語の対話の外側にいながらも、その場の奇妙な雰囲気を理解しているようだ。彼が困惑しているのが手に取るようにわかった。とうとう、いっしょに軍歌を歌おうと父親が提唱した時、軽蔑とも憐憫ともつかぬ感情に耐えられなくなった僕は、ヨンチョルに頼んでその場を辞し、二階の彼の部屋へ連れていってもらった。

部屋は六畳ほどの広さで、寝台と机、洋服簞笥、それに本棚といった家具は、二十六歳の男の部屋としていたって平凡なものだ。ただ一つだけ僕の眼を引いたものがあるとすれば、それは寝台の上の壁に掲げられた十号ほどの油絵だった。闇を背景に若い男の上半身の肖像が描かれている。黒い背広と髪は、地の漆黒になかば融けこみ、光の当たっている顔の右半分とワイシャツの襟だけが、白く浮かびあがっている。唇は固く閉ざされ、炭火のように赤い。絵具を強く塗り重ねた跡があった。悲劇の俳優を思わせる傲慢な、理想化された眼差しが、この決して上手ではない絵全体にある種の威厳を与えている。部屋に通されて、ぼんやりと絵を眺めていると、しばらくたってそれがヨンチョルの顔だとわかった。

「自分で描いたのか」

「ああ。どう思う」

「ちょっとしたドリアン・グレイだ」

僕が、前世紀の小説の荒筋を掻い摘んで話してみせると、ヨンチョルは興味深そうに耳を傾けた。軍隊に入る二週間ほど前に完成したのだと言う。

「二年半の間、この絵は無人の部屋に掛けられていた」と、ヨンチョルは付け加えた。ドリアン・グレイの物語が気に入ったようすらしい。もう一度眺め直してみると、先には気付かなかったある種のあどけなさが肖像の表情に漂っているように思えた。

音楽でも聴かないか、とヨンチョルが言った。台所から運んできたビールを床に置いて、呑みはじめた。本棚の一番下の段には百枚ほどのLPレコードが並んでいる。ジェファーソン・エアプレイン、ビートルズ、ジャニス・ジョプリン。年齢が二歳しか違わないせいか、たいていのジャケットは僕にも見覚えがあった。印刷が不鮮明で、全体が水に濁った絵のように見える点だけが違っていた。なかでも単色の、いかにも粗末な出来のものは、海賊盤なのだろう。どのレコードも歌詞やアドリブを空で暗記するまでに聴きこんだに相違ない。僕が高校生の頃には、レコード一枚を買うにも、踏み外しを恐れぬ決意が必要だった。ヨンチョルの場合も同様だったのだろう。その証拠に、どのジャケットの角も丸みを帯び、黒く汚れて光っていた。磨滅した縁を接着テープで幾重にも修理したものも、少なくはなかった。

ヨンチョルが階下の便所へ立った間に、僕は好奇心に駆られて本棚の並びを調べてみた。崔仁浩《チェ・イノ》の小説が何冊か固めてあり、バートランド・ラッセル、ニーチェ、シェイクスピアといったハングルの背文字を追ってゆくと、大版の美術全集で終わりとなった。大学の教科書として使ったのだろう、英文の経営学のハードカヴァーが数冊、隅に並べられている。驚いたことに、そうした大冊の間に日本の薄い文庫本がひっそりと一冊挟まれていた。背表紙の周囲だけが変色して、文字が掠れている。伊藤左千夫の『野菊の墓』だった。ハードカヴァーを両側に押して、抜き取ってみると、はじめの数頁に薄い鉛筆で韓国語による短い書き込みがある。あきらかに独学した跡だった。

僕は、ヨンチョルが僕の教え子たちの前で沈黙を続けていた、あの昼下りの喫茶店の情景を思い出した。習いたてのたどたどしい日本語で僕に話しかける学生たちを、彼の目はまるで犬の仔でも見るかのように軽蔑していた、と僕には感じられた。そのヨンチョルに日本語を学ぼうとした時期があるとは、実に意外なことだった。彼のことだから、誰にも知られずに一人で進めようとしたのだろう。手元にある文庫本がそれを語り、同時にその挫折をも語っていた。それでは、ヨンチョルは外国語学科の学生たちに劣等感を感じているのだろうか。そんなわけがあるはずがない、とただちに心が打ち消した。それでは彼が僕に近付いたのも、日本について次次と質問を続けるのも、このことと関係があるのだろうか。いずれにせよ、ヨンチョルが僕に隠していたことは事実で、それは驚きだった。

階段を上ってくる足音が聞こえた。禁断の部屋の扉を開けてしまった小供のように、僕は急いで本をもとの位置に戻そうとした。一刻も早く、この泥棒猫に似た不快な気持を忘れてしまいたい。だが、焦れば焦るほどに、隙間なく詰められた本棚に薄い文庫本を挟みこむことは困難だった。ヨンチョルが戻ってくる。僕はどうしても、この犯行現場を知られたくないと思った。やっとのことで本を元通りにし終わると、後ろには盆の上にビールを載せたヨンチョルが立っていた。僕は反射的に本棚から離れた。目と目が合った。一瞬彼の額に不審な雰囲気が横切った。もちろんそれはただちにいつもの見慣れた微笑へと融け崩れたのだが、僕は確信した。気付かれたと。まるでそのわずかの時間だけが氷柱のように垂直に凍りついたような気がした。激しい動悸はまだ続いているのだが、今はそれを押し殺さなければいけない。僕は、彼の到来にあわてた態度を取ったことを後悔した。何げなくやり過ごしておけばよかったかも知れないのだ。

僕たちはふたたび呑みだした。心の底では、ヨンチョルが垣間見せた険悪な表情が痼《しこり》のように残っていた。やはり気付いたのだろうか。それとも、単に僕の狼狽を変に思っただけなのだろうか。不安をごまかすことができるかのように、僕はいつもよりも調子に乗って喋った。この場を難なく治めるためにお追従が必要だというのなら、恥じることなくお追従を述べたてたことだろう。不思議なのは、韓国語の書き込みのある文庫本が発見されて困惑しているのは、ヨンチョルである前に、まず僕であるということだった。僕はといえば、彼が恥じ入り落胆してしまう現場に居合わせることが何よりも耐えがたかったのだ。

とはいうものの、酔いが僕の受けた衝撃を少しずつ緩和していった。しばらくたつと苦痛は丸められ、遠ざけられ、舌先であえて探れば確認できる歯の痛みほどの大きさとなった。忘れよう、何でもなかったんだ、と僕は自分に言い聞かせた。

やがて、いつものようにヨンチョルの挑発が始まった。引き出しの奥からシガレットケースを取り出して、一本を抜いた。僕の鼻先につきつけると、得意そうな顔つきをした。

「何だか知っているのか」

枯草ともバナナともつかない、独特の臭いがした。

「明日、水原《スウォン》にピクニックに行こう。そこで試すつもりなんだ」

客間に僕のための蒲団が用意されていた。残ったビールを平らげてしまうと、もう寝ようということになった。そのころには、僕はすっかり先程の緊張を忘れていた。部屋を出しなにヨンチョルの方を振り返った。寝台の上と下に二つの顔があった。首の上にもう一つの首が、白い卵のように置かれている。ヨンチョルの自画像だった。

他人の家で目醒めるというのは、いかなる場合でも僕を動揺させる。窓の外の鳥小屋の雉子の鳴き声で、僕は目が醒めた。いい天気だ。僕は寝そべったまま、昨晩の約束を思い出した。そう、今日は水原に行くのだ。水原でヨンチョルのもっている「大麻草《テマチョ》」を試してみる、と決めたのだ。期待と不安が僕を包んでいた。僕には日本にいた時でさえ、大麻の経験はない。ヨンチョルにしてもまだないらしく、ひょんなことから手に入れてはみたものの、どうも両親のいる自宅では気が進まないのだろう。それで、僕に田舎に出ることを誘ったのだ。

父親はゴルフに出掛けていて、留守だった。僕たちは遅い朝食を取ると、外に出た。ヨンチョルが小さなカメラをもって来た。バスでひとまずソウル駅に出、そこで列車に乗りかえる。駅の天井の高い待合室に入ると、僕たちは数週間前の深夜の冒険を思い出して、どちらからともなく笑った。

日曜日だというのに、列車は空いていた。僕たちは両足を向う側の座席に乱暴に乗せ、スポーツ新聞を展げた。煙草を吸った。そうしているだけで、何か特別に選ばれた儀式に参加しているような、小供じみた興奮を感じていた。一時間ほどして、汽車は水原に着いた。

薄暗い田舎の駅の構内を抜けると、駅前の広場が白く輝いている。道路の上では太陽の光の粒が跳ね廻っているようだ。正午だった。人人の白いシャツが僕の目に痛い。おおかた民族村に出掛けるのだろう、小供連れの夫婦やアベックたちが観光用のバスの前で行列をしていた。

ヨンチョルに連れられて、別のバスに乗る。こんな時、僕にはもう絶対に行く先を尋ねない習慣ができていた。たとえヨンチョルから場所の名を告げられたとしても、それは外国人の僕に何の意味があろう。僕は従属することに安逸を見出していた。彼は僕の誘惑者であり、ある意味で導師《グルー》だった。ヨンチョルの傍に坐り、映画館のスクリーンのように次次と眼前に切り開かれてゆく風景が、僕には楽しくてしかたがなかったのだ。

李朝時代の城門の脇を走り、繁華街を過ぎてしばらくすると、舗装道路は終わりを告げた。狭い凸凹《でこぼこ》の砂利道をバスは埃を立てながら進んだ。窓ガラスが砂埃で白く汚れている。やがて、風景はまったくの田舎になった。稲の鮮やかな緑がどこまでも続き、女たちが大きな盥を頭にのせて畔道を歩いている。白と赤のスカートが抽象絵画の点のように小さく後方へ遠ざかっていった。水田と水田の間にぽっかりと空いたような沼があって、坊主頭の男がのんびりと釣をしていた。

小さな集落の停留所で、僕たちはバスを降りた。道端の草が粉をまぶしたように埃を被っている。バスが行ってしまうと、ぽつんと二人だけで取り残された。空の青みがいちだんと強くなった。柳の木が風に揺れているのが、目に快い。井戸の周囲では小供たちが遊んでいた。めいめいが瓢《パガジ》形のビニールの容器のなかに小魚や水蠆《やご》を捉えている。仕事にでているためだろうか、大人たちの姿は見えない。いっしょに撮ってやろう、とヨンチョルが僕にカメラを向けた。

豚小屋の脇を抜けて、どんどん水田の中を踏み分けてゆくと、小さな土手に出た。灌木の繁みの下を静かに水が流れている。水面が太陽に反射して、木の暗い陰の間からちらちらと覗いた。遠くの方で牛の鳴き声がした。

このあたりでいいだろう、とヨンチョルが腰を降ろしたので、僕も倣った。古びた櫟《くぬぎ》の木の下で、太く穴のあいた幹にはゼラチンのように濁った樹液がこびりついていた。予期せぬ訪問者に驚いて、枯葉色の蝶が叢を逃げた。朝にヨンチョルの家を発って以来、今まで、目に見えない緊張感が二人を包んでいる。ヨンチョルもまた、はじめて験してみる大麻に不安を感じているのだろうか。彼のことだから決してそれを表に出そうとはしない。ただ、僕たちの間のいつにない沈黙は、それを暗黙のうちに語っていた。僕は耳を澄ました。何も聞こえてこない。

ヨンチョルがシガレットケースからおもむろに一本の大麻を取り出し、ライターで火を点けた。煙が不景気そうに立ち上がる。一服吸うと、人差指と親指で挟みながら、僕に渡してくれた。吸い口の先が唾でわずかに濡れている。僕たちは交替交替に、煙を肺に押しこんだ。味などなく、ただ無性にいがらっぽいだけだった。我慢して吸い続けていると、しだいに手足が壊れた連結器のように勝手に動きだすはずだ、という東京の友人から聞いた話を思い出したが、いつまで待ってもそれらしい効果は生じてこなかった。僕たちは苛苛した。

「贋物だった」小一時間ほど実験を続けたあとで、ヨンチョルが吐き捨てるように言った。期待はもはや全き幻滅に変わっていた。彼は僕の肩を抱き、げらげらと笑い出した。僕はといえば、これまでの緊張が急に取れてしまい、昨晩の呑み疲れから、睡魔を感じた。草の上にごろんと横になり、目を閉じた。

涼しげな風が頬を掠めた。目が醒めると、ヨンチョルの姿はなかった。Tシャツの胸に汗をかいている。時計は四時半を指していた。どうやら、すっかり昼寝をしてしまったらしい。起きあがって、ヨンチョルを探すことにした。しばらく歩いてゆくと、土手の先が低くなってそのまま川岸につながっている場所に出た。水が見えた。ヨンチョルは上半身裸になり、ズボンを膝まで捲りあげて、流れの中程に立っていた。近くには、先に写真を撮った小供たちがいて、いっしょに遊んでいるらしい。僕の方を向いて、手を振った。太陽が輝きを失い、西に傾いていた。

ヨンチョルと僕は口笛を吹きながら、土手を歩いた。水に濡れた彼の剝き出しの足は、風が吹くと気持がよさそうだった。自分がマーク・トウェインの小説の主人公になったような気がした。他の大麻はどうしたんだ、と尋ねると、さっき捨ててしまった、と彼はそっけなく答えた。

歩いているうちに自然と土手から離れ、見覚えのある畦道に出た。見渡す限りの水田のなかを進む。やがて豚小屋が現われ、藁葺きの屋根の農家がぽつりぽつりと見えてきた。どの家の脇にも大きな甕が並べられている。小供を腰に巻きつけるように背負っている母親と、鶏がいた。バス停の側の路傍には、いつのまにか何軒か露店が開かれていた。茣蓙の上に日に焼けた中年男が坐っていて、猫ばかり何十匹も集めて、売っている。猫は逃げだせないように、一匹ずつ首に白い紐が結ばれていた。不思議に思っていると、「鼠を捕えるために、売っているんだ」と、ヨンチョルが言った。二十分ほどして、バスが来た。

　市内に戻り、旧水原城の城壁のあたりをぶらぶらと散歩していると、二人とも空腹を感じだした。一日はあっという間に終わろうとしていた。

「どうだ。蟬見物《メミクギョン》に行かないか」ラーメン屋のカウンターで高粱酒を呑みながら、ヨンチョルが言った。蟬《メミ》が韓国語で娼婦を意味する隠語であるくらい、僕はすでに知っていた。男の体液を吸い取るから蟬ですよ、と学生の一人が中指を一本立てて説明してくれた時の小供っぽい表情には、忘れがたいものがあった。兵役があるためだろう、彼らは女を買うことに慣れていた。

　その日、僕が物足りなさを感じていなかった、と言うのは嘘になるだろう。一日を田園の陽光の下で過ごし、軀は快い疲労感に包まれてはいたが、大麻がまるでインチキであったこともあって、正直言って何がしか面白いことを期待していたのだった。ヨンチョルはといえば、いつになく態度に余裕がないように感じられた。贋物をつかまされた怒りとともに、僕に対する面子の問題があったのだろう。しきりに高粱酒を呷った。

彼は衒学的な言い廻わしを用いながら、蝉の見分け方とその階級の講釈を始めた。ソウルのテキサス、588《オ・パル・パル》、仁川《インチョン》のイエロー・ハウスといった巨大な規模ではないが、水原にもまた町の一角に娼窟が拡がっている場所があり、最下級の女たちが集まっている、との話だった。初年兵だった頃に、彼は休暇で水原に住む友人を訪れ、この町で二千ウォンを払って童貞を捨てたのだ、と言う。

「今は、三千ウォンくらいからだろう」

それは驚くべき安さだった。日本円に換算すれば千二百円ほどなのだ。

「それで、面白かったか」

「面白くも何ともなかった。俺が真剣に頑張ってるのに、女のほうではただスカートを捲って天井を見ているだけだ。胸なんかほとんどないくせに、安っぽいピンク色のブラジャーをしていた。顔色一つ変えようとしない。その間ずっと、ガムを噛んでいやがった」

僕は黙った。無理をしているな、とヨンチョルを見やった。彼は野卑であることを演技している。

「君はひどい話だと思っているのだろう」

「いや」

「確かに君は、残酷で悲惨な話だと思っているにちがいない。悲惨な若い女に悲惨な若い兵士。けれども、いいかい、ぼろ雑巾のような女を安く買うことのどこに悲惨があるんだ。女は必要なんだ。必要なものに、悲惨も残酷もないいんだ」

ヨンチョルのいつになく興奮した言い方に、僕はふと危険なものを感じた。酔って絡んだことなどなかったはずだ。あきらかに苛立っている。

贋物の大麻の一件で僕に軽蔑されはすまいかと心配し、失地回復に懸命のあまり、ヨンチョルは逆にずるずると後退を続けていくような気がした。あるいは、と僕は恐ろしい予感に捕われた。ヨンチョルは、僕が彼の本棚で日本の文庫本を見つけたことに、やはり気付いていたのではないだろうか。

これから先に起きたことは、できるなら思い出したくないことだ。もちろん記憶が混乱しているという言い方も、逃げ口上にすぎないだろう。数日前から机に向かってこの文章を書いている間も、僕の心はどうしてもある一点を乗り越えることができず、ためにだらだらと何の関係もない出来事を書き連ねてきたのだから。僕はどうして書き始めたか。実を言えば、それは冷静に文字に移し取ることで、あの忌わしい悪夢を中和することができはしまいか、と希望を抱いていたためだった。とはいうものの、書きながらも、僕はいつまでも遠廻りをし、迂回を続けていた。パゴダ公園のことも、ベトナムの法螺話のことも、まったくどうでもいい、取るに足らぬことだったのだ。あの事を書かないですますための不在証明として、饒舌に身を任せること。僕の行為はまさしくそれだったに相違ない。まだ何も書かれていない白い紙を前にして一刻も早く塗り潰してしまいたいという不安と、あの事件にまで文字が書き進んでしまうことの不安の、ちょうど両方が相殺しあう地点、均等に牽引してくれるために宙ぶらりんでいることの許されている地点に、僕はいつまでも留まっていたかったのだ。そして、その場所に滞在している間だけは、僕とヨンチョルの間には完璧な秩序が保たれていると信じていたかったのだ。

ラーメンを食べ終わると、外へ出た。すでに陽は落ちていた。夜の街は、僕たちの歩みに応じて、どこまでも飴のように延びていくのだった。

市の中心部だというのに、通りは薄暗かった。開かれたディスコの扉から光が漏れている。若者たちが何人も、入口のところに坐りこんでいた。黙って首を垂れたまま、身動き一つしない。その側で、酔払いが大声で何かを叫んでいた。陰鬱な光景だな、と僕は目を逸らした。これを頼む、とヨンチョルがカメラを僕に預けた。僕はショルダーバッグにそれを隠した。

剝れかかった功夫映画のポスターがいく枚も貼られた角を折れ、裏側の路地に入ると、ふっと周囲が静かになり、一段と暗くなった。空地に出た。ダンプカーが数台、無造作に停めてあり、男たちの影がばらばらと歩いているのが見えた。空地の向こうには、一塊の建物が、海底に沈んだ船のようにその姿を見せている。あれだよ、とヨンチョルが指で示した。もはやヨンチョルも僕も、彷徨する影の群に紛れこんだ影の一つにすぎなかった。

細い道の両脇にはぎっしりと娼家が並んでいた。首の周りを白く塗った女が一人、二人と、ぼんやり灯の点った窓から顔を覗かせている。視線があうと、手で合図を仕掛けてきた。どこか人知れぬ、暗い縁の下に産みつけられた無数の蛇の卵がいっせいに孵化して、この街全体に住みついたかのように、女たちの並びは果てしなく続いた。いったいどこから湧き出てきたのだろう、と気味悪く思うくらいだった。娼窟の奥深くへと踏み進むにつれて、女たちの誘いかけは露骨になった。声を掛けたり、シュミーズ姿で猥褻な身振りをするばかりではない。無関心を装って歩いている客の胸ポケットに手を突込んで、すばやく煙草を一本抜き取るといった芸当を見せる女もいた。後方で数人の笑い声がした。三人連れの若者が何やら交渉をしていた。

ヨンチョルに女を買うつもりがあるのかどうか、僕には判断がつきかねていた。もし彼がここに屯する夕顔のような女たちの一人を選ぶとすれば、僕もまたそれに倣わなければならないだろう。だが、どうにも僕は気後れをしていた。病気の心配があったし、支払う金額のあまりの安さに陰惨さを感じていた。こんな場所で外国語を用いるのは危険なことだとでも考えたのだろうか、ヨンチョルはしばらく前から僕に話しかけてこなくなった。僕を従えつつ、黙って女たちを物色しながら歩き続けた。

ある地点を過ぎると娼家の並びは姿を消し、代わりに女たちが暗い路上に二人、三人と固まって立っているようになった。もっとも下層な女たちの溜り場にちがいない。赤や水色のワンピースの色がどうにか窺える程度で、女たちの顔の美醜を見分けるだけの明るさはなかった。

突然、後ろからぐいと肩を引張られたかと思うと、僕は尻餅をつきそうになった。何が起きたのか、とっさに見当がつかない。振り向くと、一人の女がけらけらと笑いながら、少し離れたところで僕を待っている。

右手には僕の黒いショルダーバッグを握っていた。やられた、と僕は思った。油断をしていたのが間違いだったのだ。バッグのなかにパスポートと住民登録証が入っていると思うと、何が何でも取り戻さねばならない。僕はヨンチョルを置いて、慌てて女を捕えようとした。

女は誘いかけるかのように角を曲がった。ただちに後を追った。材木が立てかけられた暗い道を奥の方へ走ってゆく、女の白い服が見えた。行く先は袋小路だ。白い服は脇の物置きのような部屋にすっと消えた。懸命だった。道端の水溜りも無視して、駆け続けた。水が高く跳ねて、顔にかかった。

女の隠れた部屋の扉を開けた。三畳ほどの狭いオンドル間だった。蒲団が隅に三段に畳まれている。コンクリートの灰色の壁が剥き出しになっていることからも、彼女の娼婦としての地位の低さは容易に想像できた。女は鏡台の側に立っていた。他には物らしい物は部屋に何一つとしてない。はじめて女の顔を見た。頰に翳りのある、髪の短い娘だった。僕が息を荒くして入ってきたのを見ると、白い歯を見せて笑っている。

「くかばん、ちゅせよ」

僕には呼吸を整えて、バッグをくれよと片言の韓国語で話しかけるのがやっとだった。興奮して、声が思わず裏返しになった。女は何か低い声で言った。聞き取る余裕はとうになかった。無理矢理にその手からバッグを奪おうとすると、強く抵抗した。女は壁づたいに入口の方まで進むと、さっと扉を閉めてしまった。

お前と寝る気はないんだ、と僕は怒鳴った。女は僕をからかうのを止めて、真顔になった。バッグをひったくって外に出ようとする僕を拒み、部屋に入ったんだから金を置いていけ、と激しい調子で言った。罠に嵌められたのだ。女が隙を見て扉を閉めてしまったのは、交渉が成立したという外部への意志表示だったのだ。

「ばかやろう！」

思わず日本語がでた。頭には先程の高粱酒の酔いがまだ続いている。走ったおかげで、全身が火で包まれているようだった。女は、相手が日本人であると知って少し驚いたようだったが、それでもひるまずに食らい付いてきた。女の頬を張り、乱暴に扉を開けて外に出た。強い酢のような嫌悪感が喉元まで込みあげてきそうだった。

もしこの時、僕に場慣れした思慮さえあれば、大人しく金を渡したほうが賢明だったとただちに判断していたにちがいない。冷静な眼で見れば、こうした無法地帯同然の場所で諍いを巻き起こすことの危険がたやすくわかるはずだ。僕は興奮していた。バッグを手にすると、一刻も早くこの靡爛《びらん》した街を脱出することしか頭になかった。皮膚という皮膚に汚穢《おわい》がこびりついているようだった。

女が部屋のなかから顔を覗かせて、誰かを呼んだ。騒ぎを聞きつけて、路地の一角から男が二人飛び出してきた。この一角を取りしきる用心棒らしい。手当たりしだいに家の戸板や扉を荒っぽく叩きながら、僕の方へ走ってくる。それは威嚇のためでもあり、周囲にただならぬ事態が起きたことを報せ、いっそうの人を集めるための方法のようでもあった。たちまち僕は行手を阻まれ、袋小路の奥へ追い詰められた。女が男の片方に何かを伝えている。

「やっ、のんもはぬん、とんぴょや！」

弁明をする時間もなかった。いきなり襟頸を摑み、恐ろしい剣幕で捲し立ててくる。背の低い男だったが、獰猛な力をもっていた。黙っていると、頭突きをかけてきた。目が眩み、塀に凭れかかった。間髪を置かず、腹を殴られる。踞《うずくま》ると、もう一人の男の蹴りが入った。歓声があがった。顔が地面に押し付けられ、練炭の融けこんだ土の苦さが唇を襲った。

「ちょろん　しばるのむ　ばんな」

「ふん、じょごっと　なむじゃらご」

「へすみょん、どぬる　ねやじ」

「けえせっき！」

　周囲にはいつのまにか娼婦たちの人垣が出来ていて、声を大にして僕を罵っていた。性行為を示す最大級の辱説《ヨクソル》が投げつけられた。唾を吐きかける者もいた。誰かがバッグの中味を開けたらしい。カメラを発見したことが、群衆にいっそうの敵意を引き起こした。僕は起きあがろうとしては、そのたびに蹴りつけられた。もう顔を上げるだけの勇気もなかった。これは悪夢だ、こんなことが現実に起こりようがない、と心に念じながら、彼らが僕を鼠のように嬲《なぶ》るのに飽きて去ってゆく時を待ち望むだけだった。

「くまん、いさらむん　日本《いるぼん》さらみむにだ」

「日本《いるぼ》人《にん》？　くろむ　ちょっぱりのむ　あにゃ」

「ますむにだ。ねが　てしん　どぬる　ねるてにか、いじぇ　くまんてりせよ」

「ああ、よくし　ちょっぱり！　くろむ　くろち！」

僕は頭上で交されている声の主を疑った。その群れのなかにヨンチョルが混じっているのだろうか。彼が僕をちょっぱりと呼んでいる気がした。信じられないことだ。それは、豚の蹄のごとき者という、日本人に対するもっとも卑しい罵倒語だった。ひどく殴られて立てずにいる僕の耳に、言葉は切れ切れではあるが、はっきりと入ってきた。この野郎はどうにもしようのないちょっぱりなもんだから、見逃してやってくれ、とヨンチョルが言っているように聞こえた。二人の用心棒はそれを知ると、さも軽蔑したかのように、僕をちょっぱり呼ばわりした。

恐ろしい想像が、俯せになってじっと眼を閉じている僕を襲った。ヨンチョルは、あらかじめこうした事態が起きることを予想して、僕を娼窟へと、いや水原へと誘い込んだのではないだろうか。これは彼の僕に対する復讐ではないだろうか。ヨンチョルは、日本人である僕に決定的な屈辱を与えるために、長い間その機会を狙っていたのではないだろうか。僕には、とても頭を上げて、白い首をした女たちに囲まれた彼の姿を見る勇気はなかった。客席の高みに似た場所から、ヨンチョルは僕を見下しているのだろう。彼もまた笑っているはずだった。白い光に輝いた彼の額が勝ち誇ったように歪むさまが僕の眼に浮かんだ。彼は蛇の群の頭目だった。この僕に危難を下すために現われた魔性の者だった。

周囲が静かになり、僕は背中に何か液体がふりかけられるのを感じた。二人の男たちが放尿を始めたのだ。ふたたび、群のなかから野卑な笑い声が捲き起こった。僕は両手で顔を覆うばかりだった。生温い液体が髪の毛から耳の脇を伝わり、首筋に流れた。頭はぐしょぐしょに濡れた。

小便が終わると、男たちはまた蹴りつけた。僕は恐怖に全身を震わせていた。顔は濡れた泥と涙に汚れていた。もはや痛みなどどうでもいいように思われてきた。尿の臭いと口のなかの血の臭いが混じり、胃から苦いものがこみ上げてきた。起きあがることも許されず、僕はそのまま吐き続け、汚物に塗れた。

ヨンチョルが金を摑ませたところで、男たちは満足がいったらしい。始めから素直に渡せばよかったんだと言わんばかりに、倒れている僕を足で仰向けにし、意気揚揚と引きあげていった。群はばらばらになり、娼婦たちもめいめいの客を探しに表の道へ出ていったようだった。

腹を押さえながら、よろよろと立ち上がった。ヨンチョルがいた。およそこの世の全てから見放されたような孤独な、おどおどとした眼差しで、僕を見つめていた。それは、僕の抱いていた、君臨せる蛇の頭目の姿とはあまりにかけ離れた、自信のない、卑しげな眼差しだった。

「いくら払ったんだ」

ヨンチョルは何も答えなかった。

「おい、いくら払ったんだよ！」

ヨンチョルはけっして僕を陥れようとも、罵倒しようとも意図していたわけではなかったのだろう。彼がちょっぱりの一語を用いたのは、娼婦たちへの手前上、僕を低い位置に貶めておいたほうが問題の解決に有利だと踏んだために相違ない。もし彼が金を渡さなかったとすれば、僕がさらに残酷な目に遭ったことは確実だった。だが、ヨンチョルに感謝する気にはとてもなれなかった。癒しがたい屈辱感だけが僕の心を占めていた。男たちが引き上げたのは、僕を辱しめたことに満足したからであり、また僕の相棒であるはずのヨンチョルが率先してそれに甘んじ、受け容れたからであった。僕は、ヨンチョルのお追従によって二重に辱しめられていた。そして、それにもまして僕を打ちのめしたのは、彼の顔にある種の卑しさを読み取ってしまったことだった。もはや僕の眼の前に呆然と立っているこの男は、傲慢で高貴な僕の先達でも何でもなかった。遊戯の規則は完全に崩れた。彼は、わが身の安全のために屈辱的な小細工を弄するだけの、惨めな人間にすぎなかった。僕は彼を信じてきたことを恥とした。うねりを増すたびに岸辺に打ち寄せる波が巨きくなるように、僕を襲う絶望は次次と重くそして深くなった。

顔は、みごとに腫れあがって、泥と鼻血が頬にこびりついていた。汚れはもう乾いていた。四、五メートル離れたところに、小動物の死骸か何かのように黒いバッグが捨てられていた。パスポートは無事だった。歯が揺れていた。

どちらからともなく歩きだした。口にすべき言葉などもうなかった。汽車のなかでも、沈黙を守った。屈辱に気付かない素振りをし、体験したばかりの事件を武勇伝に語り直す時がいずれ訪れるのだろうかと思うと、苦痛だった。僕は、おのれの失敗すら傍観者のように観察しなければならないと、心に言い聞かせたのだが、それはとうてい不可能なことだった。今から考えると、僕にわずかでもヨンチョルの抱いている深い絶望を理解する余裕があったとしたら、彼を許していただろう。だが、自分の絶望の落し穴のなかへ追いつめられてしまった僕には、それは無理なことだった。この激しい争いごとの裏側で、一つの見えない宇宙の秩序が音もなく崩れ落ちたのだ。そして、あらかじめ予想していた通り、その背後には何もなかった。

疲れきって、夜遅くアパートに戻ってくると、玄関の郵便箱に東京の友人からの手紙が二通入っていた。鼠が齧ったように、切手のところが破られている。アパートの小供たちのこの小さな悪戯を、僕は世界から与えられた唯一の反応のように受け取った。これは慰めだ、と僕は信じた。無人の階段を昇りながら、とめどなく涙が流れ出した。

その夏にはいろいろな事件が起きた。女工たちの労働争議が拗《こじ》れて悲惨な死者を出し、野党第一党の党首が議員権を剝奪された。新学期が始まると、あちこちの大学で反政府運動のためのデモが活発となり、釜山《プサン》や馬山《マサン》で起きた暴動は軍隊による虐殺をもたらした。

僕はあらゆる事件の外側にいた。考えてみれば、ヨンチョルに捉われていた一夏の間中、恐ろしく外界の出来事に無関心でいたのだ。

水原での事件の翌日、ヨンチョルは会社の同僚たちと東海岸へと泳ぎに行った。それだけだった。旅先から絵葉書きの一通も来ず、僕からももう電話をかけることはなかった。何もかもが終わりだった。憑き物が落ちたように僕はヨンチョルから離れ、あの屈辱の体験を悪い夢のように、日も射さぬ心の片隅へ追いやってしまった。というのも、僕には新たに情熱を注ぐべき対象が降って湧いたように現われたからかもしれなかった。八月の終わり頃、僕はある女子大の日本語劇の演出を依頼され、連日のように、練習場所として借りた寛勲洞《クワヌンドン》の日本大使館公報室へ通うという生活を送ることになったのだ。気の狂った小鳥たちのようにいつまでも喋り捲る女の子たちに混じって、何時間も彼女らの発音を矯正してゆく作業を続けながら、僕はわが身に振りかかった皮肉に溜息をついた。練習が一区切りつくと、きまって階下のロビーに降りて、日本から到着したばかりの新聞や週刊誌に目を通すことが習慣となった。新聞はどれもこれも一面と海外欄が乱暴に破られていた。検閲の結果だな、と僕は思った。その様子から、僕はこの国が目下ただならぬ事態にあることを、はじめて意識したのだった。

大学は無期限の休校を宣言し、やがて大統領が暗殺された。僕は授業にも演劇のレッスンにも通う必要がなくなり、一日中アパートに籠もって、東京にいた時分に出版社から依頼されたままになっていたＳＦ小説の翻訳に取り組みだした。久し振りに出る街には、銀行や新聞社の前にライフル銃をもった兵士たちが並び、僕は彼らの間を無感動に通りすぎた。

一度だけヨンチョルに会ったことがある。友人が送ってくれた小包が原因で国際郵逓局から突然の出頭命令を受けた時のことだ。もう冬と呼んでもいい季節で、正午前だというのに湖の底にいるような冷気だった。吐く息が白かった。国際郵逓局は市の西端にありバスを乗り継いでいかなければならなかった。

故大統領の精神訓話を大書した掲示板の脇にある外階段を上る。二階の外国郵便物係の前で行列をして待っていると、後ろから僕の名前を呼ぶ声がした。それがヨンチョルで、はじめて会った時と同じように洒落た背広を着、その上にベージュ色のトレンチコートを羽織っていた。会社の用事でアメリカからの荷物を受け取りに来たのだと言う。微笑していた。

　僕の順番となり、係員が一箱のダンボールのなかから次次と中味を乱暴に取り出しては、早口に何かを命令した。眼の前の書物が共産主義思想とは無関係であることを証明せよ、と言っているのだった。質問にたじろいで、韓国語を頭のなかで組み立てていると、傍にいたヨンチョルが何やら勢いよく喋りだし、たちまちのうちに許可が出た。

「おかげで助かった」と僕は言った。

「君だったら、英語で説明してやればいい。連中は英語がわからないものだから、たちまちOKを出すさ」

　会社に戻るまでには、まだ少し時間の余裕があるらしい。お茶を飲みに行かないかと、ヨンチョルは僕を誘った。郵逓局を出ると、大通りを隔てて延世《ヨンセ》大学校の広いキャンパスとなる。非常事態による休校中のためか、道路を歩いている学生たちは皆無で、正門の前で二人の兵士が不動の姿勢で校内への無断入場を禁止しているだけだった。彼らを尻目に歩きながら、僕たちはつい半月ほど前に起きた大事件を話題にしていた。

「危いところだった」と、ヨンチョルは苦笑しながら言った。「入営していた時、全陸軍をあげての射撃コンテストがあったので出場した。ライフルには自信があったからな。その時は二位で、ひどく悔しい思いがした」

「全国で二位なら、優秀だろう」

「今から考えると、二位になっておいてよかったんだ。朴《パク》大統領暗殺のニュースを聞いた時、生命拾いしたと思った。一位の奴は大統領直属のボディ・ガードになるというのが、射撃コンテストの慣例だったのだからな」

僕たちは新村《シンチョン》洞《ドン》にまで進み、梨《イ》花《ファ》女子大学校の前に花屋の花のように群がるブティックやアクセサリーの店を摺り抜けて、イタリア風の装飾を施した喫茶店に入った。シューベルトの『死と乙女』が流れていた。いわゆる名曲喫茶なのだろう。奇妙な羽根飾りを背中に生やしたウェイトレスが店内を動いているのを見ると、その通俗さにやりきれなさを感じた。客はほかに学生らしいアベックが一組いただけだった。

いざ面と向かってしまうと、何を話していいのか、わからなくなった。ヨンチョルにしても、そうだったのだろう。僕をお茶に誘ったことを後悔していたに相違あるまい。水原でのことは、どちらからも言いだせなかった。

「いつ、日本に帰るのか」

「いつ帰ってもいいんだ。どうせ、もう大学はないし」

「じゃあ、毎日何をしているんだ」

「別に。旅行に出ようか、と思っている」

「東京に帰ったら、手紙を書いてくれよ」

話はしばしば途切れがちになり、彼は懸命にその場を取り繕おうとしていた。これ以上会話を続けていくことが、苦痛に思えてきた。もう外へ出ようと切り出したのは、僕の方だった。最後に彼は、ひょっとすれば経営学の勉強のために東京へ留学することになるかもしれない、と付け加えた。アオヤマガクインダイガクという言葉が、ヨンチョルの口から漏れた。僕たちは近近の再会を約束して、喫茶店の前で左右に別れた。もっとも、僕はそんなことが決してありえないだろう、と確信していたのだった。それが最後だった。

僕がソウルを後にしたのは、それから一ヶ月ほどたった極寒の時分だった。金浦《キムポ》空港へ通じる漢江沿いの道路をタクシーに乗りながら、僕は窓の下の大河をぼんやりと眺めていた。川はおおかた凍りついていて、岸辺には誰も降りていなかった。ただいつものように、白い小石がどこまでも続いているばかりだった。

韓国語訳註（一二九〜一三二頁）

「おい、でかい口聞いて、どこのどいつだ」


「あんなオマンコ野郎がいるかね」

「ふん、あれだって男か」

「やったら、金を出しやがれ」

「畜生野郎！」


「やめてくれ。この人は日本人です」

「日本人？　それじゃ、チョッパリ野郎じゃねえか」

「そうです。僕が金を払いますから、もう殴らないでください」

「ああ、やはりチョッパリかあ！　だからこうだ！」

あとがき

一九七九年三月、わたしは大韓民国ソウル特別市城東区《ソンドン》にある建国《コングク》大学校師範大学に客員教授として招かれ、日本語教師として一年間をこの異国の首都で過ごした。これは日本風にいい直すならば、建国大学教育学部ということになる。

もっとも正確にいうならば十二か月滞在したわけではない。韓国では大学の新学期は三月から始まる。だが東京の韓国領事館は異例の労働ヴィザを発行するため、わたしを二か月にわたって待たせ、しかも一年の申請に対し半年の滞在しか許可しなかった。ひと月遅れで四月に大学に到着したわたしは、休講の埋め合わせとして、ただちに夥しい数の補講を引き受けることになった。加えてヴィザをさらに半年延長するため入国管理事務所に赴き、指紋押捺と引き換えにようやくそれを手に入れることができた。

現実にソウルの地に降り立つまで、わたしは韓国についてほとんど何も知らなかった。ハングルが読めなかったばかりではない。そもそもハングルの存在すら知らなかったのである。在日韓国人でもなく、ましてや韓国の専門研究者でもないわたしが韓国に長期滞在することを決めたのは、行きがかり上の偶然からだった。大学院で同じゼミにいた韓国人留学生から、自分が学位を得て母校の大学に戻る際に、いっしょに同僚として来ないかと誘われたのである。修士論文が無事に受理され、何か学問とは別の冒険めいたことをしてみたいと思っていたわたしは、この話は面白いことになるかもしれないと直感的に判断した。

いや、ここで正直に告白をしておくならば、外国人教師という職を選んだのは実に軽い気持ちからだった。おそらく当時のわたしの念頭にあったのは、直前に名画座で観たハリウッドのミュージカル映画『キャバレー』だったはずである。映画の原作者であるクリストファー・イシャーウッドはそのなかで、マイケル・ヨークによって演じられている。ナチス政権下のベルリンに英語教師として向かったイギリス人という役どころだ。わたしが軍事独裁政権下での外国人教師を務めるというのも悪くないなと思ったのには、ひょっとしてライザ・ミネリのような美女に遭遇できるかもしれないという、一抹の期待があったからかもしれない。

一九七九年は韓国が歴史の大きな転換点に立った年である。

朴《パク》正熙《チョンヒ》少将が軍事クーデターを起こし、権力を掌握してから十八年。大統領として憲法を改正し、超法規的な強権のもとに「十月維新体制」

を唱えてから、すでに七年が経過していた。その間、民主化運動と批判勢力は徹底して弾圧されてきた。だがこの年はいささか様子が違った。第二次石油危機による経済的不況のもとに労働争議が以前にもまして活発化し、十月に入ると釜山《プサン》、馬山《マサン》と南部の都市で、一般市民による大規模な暴動が発生した。十月二十六日には朴正煕大統領が韓国中央情報部(KCIA)部長である金《キム》 載圭《ジェギュ》によって射殺され、全国に非常戒厳令が敷かれた。大通りが戦車で溢れ、M62のライフルを肩にした兵士たちが街角に溢れた。

大学はといえば、朴大統領暗殺の翌日からただちに全面休校となった。しばらくしてわたしは主任教授に呼び出され、数日後に学期末試験を行なうよう命じられた。講義が再開されないまま、学生たちの成績を付け終わった時点で、わたしの客員教授としての義務は終わったと知らされた。わたしは極寒のソウルから東京に戻った。徴兵制も夜間通行禁止令もなく、街角に土嚢が積み上げられていない日本という社会が、巨大な砂糖菓子でできているように思われてならなかった。

一九八〇年一月、帰国直後のわたしは、大学院での指導教授であった由良君美教授から、『文藝』編集部の高木有氏を改めて紹介された。このあたりは記憶が定かではないのだが、おそらくそれ以前、わたしがソウルに滞在する直前に教授と共訳した翻訳書、コリン・ウィルソンの『至高体験』をめぐる事務処理が用件で、高木さんとはすでに一度会っていたと思う。高木氏はわたしの韓国滞在に関心を示され、その席でわたしに、短いエッセイを『文藝』に寄稿するよう提案された。わたしは「ソウルの迷宮で」という短文を執筆し、それは同年三月号の同誌に掲載された。大学校の裏に延々と続いている路地の一角で、たまたま小供たちに囲まれている一人の狂女の姿を眺めていたところ、彼女がそれに気付いて、わたしに威嚇的な仕種を見せたという内容で、わたしが実際に体験した事件に基づいたものである。この短文を読まれた高木氏は、それではこの調子で、ひとつ長編小説を書いてみないかと、わたしに再度提案された。こうしてわたしは『夏の速度』を執筆することになった。

初稿『夏の速度』はきわめて短期間に書き上げられた。四百字詰め原稿用紙で百二十七枚である。ソウルから帰国したものの、周囲の誰も韓国に関心をもっていない、いやそれどころか、あたかも韓国など存在していないかのように日常生活を送っているという事実を前に、強い失望とフラストレーションを感じていたからである。だがそれは、一年前の自分の姿でもあった。東京の知人友人の無関心に抗して、自分が体験したばかりのソウルという都市について、何かを証言として残しておきたい。そうした衝動に、わたしは強く駆られていた。焦燥感がわたしの手を速めた。

今手元にあるその原稿を読み直してみると、一応は小説という枠組みをとってはいるが、きわめて素朴な形で、自分が外国人教師として見聞した驚異と当惑とが書き連ねられている。主人公は教室のなかに気の合った学生を見つけ、夏休みに彼の故郷である全羅南道《チョルラナムド》の光州《クワンジュ》に遊びに行く。学生はそこで、日本統治下におきた「学生義挙」のことを語り、主人公と学生は民族と歴史について議論をする。学生は現政権下にあって全羅南道が不当に差別されていることを語る……。いくぶん簡略化された形ではあったが、それはすべてわたしが実際に体験した事件と対話に基づいていた。

初稿は『文藝』編集部より、鉛筆と蛍光ペンによる細かな書き込みを加えられて戻ってきた。書き込みを一つひとつ確認していくうちに、わたしは自分が小説というものをまったく知らなかったことを思い知らされた。それは大学院で学位を得るために執筆した論文や、映画の評論文とはまったく違う。違った論理のもとに、まったく違う言語によって構築されるべき何ものかである。わたしは思い切って初稿を廃棄し、ただちに第二稿に着手しようと決めた。

だがこの時、予期もしなかった事件が韓国で勃発した。一九八〇年五月、朴正熙体制が崩壊した後の混乱に乗じて全《チョン》斗《ド》煥《ファン》が実権を握り、さらなる軍事政権が成立したのだが、この理念なき独裁者は民主化のため武装した光州市民に対し、軍隊を派遣して虐殺を行なわせた。

西洋人が秘密裡に撮影した16ミリの証言フィルムを観る会合が、東京の在日韓国人の間でもたれた。わたしは誘われて会合に参加した。スクリーンには前年の夏、自分が親し気な気持ちで歩いていた街角が、惨憺たる戦場と化しているさまが映し出されていた。わたしはつい十か月前に光州で会っていた人たちの姿をそこに認めようとした。彼らを直接に発見することはできなかったが、隠し撮りフィルムには衝撃的な光景がさまざまに描かれていた。人々は血に汚れた犠牲者の遺体を見つけると一体ごとに太極旗を巻き、敬意を表して追悼していた。日本ではありえない光景だった。

光州事件の映像に強い衝撃を受けたわたしは、初稿のプロットをそのまま維持するのが困難なことを知った。前年に愉しく旅行した光州はもはや存在していない。惨劇の場と化したこの都市のことを念頭に置きながらも、ひとたびそれを脇に置いて、前年の思い出を素材に、平然と小説を書き続けることは、わたしにはとうていできそうにない。わたしは第二稿ではまったく別のプロットを用いることに決めた。旅行先での見聞をはじめ、主人公の挿話的な体験はすべて割愛し、完全に架空の人物を軸にして物語を組み立ててみようと考えた。

韓国社会のなかに生まれ落ちたことに苛立ちを隠さず、しかも自分の無力を深く自覚するあまりに憤りを感じている青年。日本に対し両義的な感情を抱くがゆえに、無邪気で無知な主人公の日本人の前で挑発的な言辞を口にする青年。わたしが第二稿で準主役として設定した人物は、いく人かの人物から部分的に素材を借り受けたことはあったが、わたしが頭脳のなかで拵えた、まったく虚構のキャラクターである。

第二稿は百五十枚ほどの分量で完成した。とはいうものの長編としては分量が不足している。三百枚くらい欲しいところだと、高木氏はいった。だが当時のわたしには、いかんせん、小説をこれ以上書き続けるだけの力量が不足していた。わたしはそれまで書き溜めていた映画批評の文章を集め、最初の書物を刊行してしまうと、ロンドンへ発った。『夏の速度』は第二稿の段階で放棄され、二度と顧みられることがなかった。

今にして思えば、文学というものに対する野心が圧倒的に不足していたのだろう。そしてフローベールの『感情教育』の顰《ひそ》みに倣うならば、この話の主人公は諸国を廻り、帰国すると凡庸な職を見つけた。四十年の歳月のうちに、彼はかつて自分が小説を書こうとしていたことなど、すっかり忘れてしまったのである。

髙木氏はその後『文藝』編集長として、わたしにスウィフト論やフレデリック・ジェイムソン批判といった文章を執筆する機会を与えてくださった。その後、作品社に移られると、古典哲学から現代思想まで硬派の大著を次々と編集され、矍鑠たる編集者として現在に到っている。わたしはパレスチナとセルビア、コソヴォの滞在記からルイス・ブニュエル論、詩論、エドワード・サイードの翻訳と、実に多くの著書翻訳書を作っていただいた。

その髙木氏から何かの折に「俺はまだ忘れていないぞ。ちゃんと原稿のコピーはとってあるからな」といわれ、『夏の速度』の刊行を提案されたのは、二〇一九年の秋のことである。わたしがソウルの地を踏んで四十年後のことだ。わたしには自分が中絶した仕事を世に出すことに、若干の躊躇がないわけではなかった。だが少し時間をおいてみると、一九七〇年代の朴正熙軍事政権下の日々を体験した日本人のテクストという意味では、まったく意味がないわけでもないかもしれない。そう考え直す気になった。そこで数日がかりで書庫の奥を捜してみると、はたして大きな茶封筒に入った原稿が出てきた。封筒にはわたしが奉職していた建国大学校の名前が、韓国語と英語で記されている。ああそうか、あの頃にソウルから持ち帰った封筒を使いまわしていたのだな。わたしは傷んで半ば破れている、粗末な紙質の封筒を見ながら思った。

封筒には二通りの原稿が入っている。まだ一般にはワープロだのパソコンなどなかった頃で、すべてが原稿用紙に万年筆で手書きである。わたしはこの作品を一度書き直していたことを、すっかり忘れてしまっていた。初稿と第二稿が存在していたことを、みごとに忘却していたのである。

覚悟を決めて、恐るおそる読み直してみた。内容は微かに記憶に残ってはいたが、もう他人が書いた原稿を読んでいるのと同然である。なるほど初稿には素朴な滞在記の雰囲気が強いが、第二稿は完全なフィクションだ。とはいえ、それに現在の時点で手を入れたり、書き直したりすることはとうていできそうにない。フィクションとはいえ、ここにはついその直前まで韓国に滞在し、韓国人の間で生活してきたかつての自分の体験が、きわめて生々しい形で体現されていた。触れるだけで血が噴出するというのは大げさな比喩であるかもしれないが、少なくともそこには、二度と再生も表象もされることのない拘泥の感情が横たわっている。読み直してみて、わたしはそのような感想を抱いた。

わたしは一九八〇年以降も韓国をしばしば訪問し、二〇〇〇年にはさらに別の大学に招かれ、客員教授として長期滞在している。若き日にまったくの偶然から滞在してしまったこの国に、ここまで深く関わってしまったのかと思うと、いささか感慨に近いものを感じている。韓国語の語学力にはさほどの進展がなかったが、韓国をめぐる自分の認識は、一九七九年の時点よりもさらに複雑で重層的なものと化している。いや、それをいうならば、韓国そのものがこの四十年の間にみごとに民主化を達成し、大きく変化していったことを指摘しておくべきだろう。わたしは自分が二度と『夏の速度』のようなものを書くことができないことに、読みながら気づいた。そう考えるようになったとき、わたしは手元にあるボロボロの原稿を、そのままの形で刊行してみようと決めた。小説の直接の契機となった最初の韓国滞在については、おそらくもう一度、現在の立場からそれを回想して、何かを書くかもしれない。だがそれは、『夏の速度』とはまったく異なったものとなるだろう。

今回の刊行にあたっては、二か所だけ改めたところがある。ひとつは友人となる韓国青年の名前である。もとの原稿で用いた名前は、一家に女子が生れたとき、その健康を祈願してあえて付ける男子の名前であった。その後の韓国滞在のとき、そう教えられた。そこで別の名前を考案し、書き換えを行なった。もう一つは主人公が街角で出会う老婆（五五頁〜）の記述である。彼女は東京大空襲の後で祖国に戻ったという設定であったが、これがいかにも不自然に思えたので、今回は「光復後」、つまり日本でいう「終戦後」に帰国したという風に直した。だが若干文章を整えたことを別にすれば、ここに刊行されたものは、二点を除いて本来の原稿そのものであることを記しておきたい。

二〇二〇年三月十日

著者記す

著者略歴

四方田犬彦（よもた・いぬひこ）

批評家。エッセイスト。詩人。東京大学で宗教学を、同大学院で比較文学を学ぶ。
著書に『モロッコ流謫』『ハイスクール1968』『先生とわたし』『ルイス・ブニュエル』
『親鸞への接近』『詩の約束』などが、詩集に『人生の乞食』『わが煉獄』、
訳詩集にマフムード・ダルウィーシュ『壁に描く』、『パゾリーニ詩集』、
チラナン・ピットプリーチャー『消えてしまった葉』（共訳）がある。
サントリー学芸賞、伊藤整文学賞、桑原武夫学芸賞、芸術選奨文部科学大臣賞、
鮎川信夫賞などを受賞。

夏の速度

二〇二〇年六月一〇日第一刷印刷
二〇二〇年六月一五日第一刷発行

著者 四方田犬彦
装幀 小川惟久
発行者 和田肇
発行所 株式会社作品社

〒一〇二-〇〇七二
東京都千代田区飯田橋二ノ七ノ四
電話 (〇三)三二六二-九七五三
FAX (〇三)三二六二-九七五七
http://www.sakuhinsha.com
振替 〇〇一六〇-三-二七一八三

本文組版 ㈲一企画
印刷・製本 シナノ印刷㈱

ISBN978-4-86182-809-6 C0093